THE CRAZY HAACKS

M

MUSIC
MUSIC
PHOTO
APP
PHOTO
Friends

THE CRAZY HAACKS

MUSIC
MUSIC
PHOTO
APP
PLAY
MUSI
INTERNE
PHOTO
Friends

MUSIC
MUSIC
PHOTO
APP
PHOTO
+1
Friends

THE CRAZY HAACKS

Y EL MISTERIO DEL ANILLO

Ilustraciones de
NÚRIA APARICIO

● REC

01:00

Montena

Somos

THE CRAZY HAACKS,

los hermanos más locos de YouTube. Y nuestra familia no es, precisamente, normal: ¡TENEMOS SUPERPODERES!

MÓNICA

Mi superpoder de madre es DETECTAR las locuras gracias a mi radar ultrasónico (pero ¡no logro detenerlas!)

CHARLIE

Mi superpoder de gato es dormir DONDE SEA y CUANDO SEA (y tumbarme al sol durante horas sin quemarme)

MAX

Mi superpoder de gato es METERME EN LÍOS con mis humanos favoritos (y cazar lagartijas de noche)

MATEO

Mi superpoder de hermano mayor es ENCONTRAR SOLUCIONES a los problemas (tengo un cajón TOP SECRET lleno de snacks que me ayudan a sobrellevarlo)

DANIELA

Mi superpoder de hermana pequeña es reírme durante más de cinco horas SEGUIDAS SIN PARAR (y grabar más de diez musical.lys al día)

HUGO

Mi superpoder de hermano mediano es JUGAR A FORTNITE doce horas seguidas (ah, ¡y comer hamburguesas gigantes en menos de quince minutos!)

Papel certificado por el Forest Stewardship Council®

MIXTO
Papel procedente de fuentes responsables
FSC® C117695

Primera edición: julio de 2018
Decimoprimera reimpresión: noviembre de 2019

Printed in Spain – Impreso en España

ISBN: 978-84-17460-11-2
Depósito legal: B-10.806-2018

Compuesto en M. I. Maquetación, S. L.
Impreso en Limpergraf
Barberà del Vallès (Barcelona)

GT 6 0 1 1 2

Penguin Random House Grupo Editorial

«Nada existe sin su opuesto.»

JORGE BUCAY,

Cartas para Claudia

MUSIC
friends

CAPÍTULO 1

¿QUÉ HAY EN LA CAJA?

Reconozco que me gustan las sorpresas. ¿Y a quién no? Abrir regalos es lo más, sobre todo si es para un **UNBOXING** de nuestro canal de YouTube.

Pero algo me dice que este no me va a gustar tanto...

Porque hoy no vamos a abrir un regalo cualquiera: se trata de un paquete venido del mismísimo **FUTURO**. Y cuando las cosas vienen del año **2318**, nunca sabes lo que puedes esperar.

La última vez fue una cámara y vivimos la aventura más **CRAZY** de nuestras vidas.

Por la cara que pone mi hermano Mateo, diría que está pensando justamente lo mismo que yo.

Del inventor **KLAUS** podemos esperar cualquier cosa (menos **CHOCOLATE BLANCO**; por lo visto, se agotará en **2087**. **¡SERÁ UN DRAMA MÁXIMO!**).

Aun así, me muero de ganas de ver qué hay dentro de la caja. Es grande, pero no pesa casi nada, algo **MUY RARO** ya para empezar... Por fuera parece una caja de lo más normal. Pero… ¿cuándo ha entrado algo normal en la casa de los **HAACK**?

—¡ABRÁMOSLA DE UNA VEZ! —digo nervioso.

Soy **UN POCO** impaciente: me acuerdo del día en que me comí un caramelo con el papel para no perder tiempo en quitárselo. Pero lo peor fue esa vez que me comí los granos de maíz crudos porque no podía esperar a que se hiciesen las palomitas en el microondas y casi me quedo **SIN DIENTES**.

—¡Eso, please, abrámosla **YAAA**! —Daniela se tira de los pelos: tampoco es que tenga mucha paciencia, y no deja de dar saltitos detrás de nosotros abriéndose hueco. Parece un canguro en una cama elástica.

Pero cuando la abrimos y tenemos ante nosotros el regalo de Klaus…

—¿Es una **BROMA**? —pregunta Mateo.

En el interior de la caja hay… **¡OTRA CAJA!**

—A lo mejor es una caja mágica —sugiere Dani, que nunca pierde la esperanza de encontrar un **UNICORNIO** en la despensa o detrás del sofá.

—No... Me parece que Klaus nos ha **TROLLEADO** —digo, intentando dar una explicación. Saco el móvil del bolsillo—. Yo haría una encuesta por Instagram.

«KLAUS, EL INVENTOR, ¿TROLL O NO?»

Mateo me arrebata el móvil.

—**NI HABLAR.** ¡Tus seguidores ni siquiera conocen a Klaus!

—Además, ¡él no es ningún troll! ¡Se ha portado muy bien con nosotros! —Ya está Daniela defendiendo siempre a **TODO EL MUNDO**.

—Bueno —dice Mateo—. Deberíamos abrir la segunda caja, a ver si hay algo dentro...

Mateo saca la segunda caja. Por su cara, sé que no tiene mucha esperanza, pero yo creo que sí hay algo dentro. ¿Por qué iba Klaus a gastarnos una broma? De hecho, esto se pone interesante... ¡Espera!

Tengo una idea **BRILLANTE. THE BEST IDEA EVER.** Y sí, se me ha ocurrido **A MÍ**. A mí solito y no al listo de mi hermano.

Tengo que impedir que Mateo abra la caja (la segunda). Se la quito y la vuelvo a poner dentro de la primera.

—Pero ¿qué haces? —me reprocha Mateo.

—¡¡VAMOS A GRABARLO!!

—¿Cómo...? —me pregunta Mateo, poniendo cara de «Te estás flipando».

—Vamos a grabar cómo abrimos la caja y descubrimos lo que hay dentro. Ya estoy viendo el título del vídeo en nuestro canal:

«ABRIENDO CAJA MISTERIOSA DEL FUTURO... ¿QUÉ HABRÁ DENTRO?»

—... Y en la miniatura podemos aparecer los tres con cara de asombro mirando dentro de la caja de la que sale un resplandor y...

—¡Para! —Mateo frunce el ceño—. Hay que admitir que es una idea **HORRIBLEMENTE BUENA.**

Ese es Mateo. Nunca soporta los planes buenos si no se le han ocurrido a él.

—PERO ¡¡¡MAMI NO NOS DEJA GRABAR SOLOS!!! —concluye Daniela—. ¿Verdad, Mateo?

Odio cuando se compinchan contra mí. Eso de ser el hermano del medio no mola nada.

—Lo que no nos deja Mami es publicar nada sin que ella lo vea primero. —Yo tengo razón y mi idea es la **SUPERIDEA**—. Peeero técnicamente podemos grabar lo que queramos mientras no lo publiquemos. **¿O NO, MATE?**

Si utilizase la misma lógica para el cole que la que uso para YouTube, sacaría 10 en todo.

Mateo se queda en silencio unos segundos, como si estuviese calculando la órbita del *Apolo 13*. Y finalmente tiene que aceptar que **TENGO RAZÓN**. Como siempre.

—EEEH... ES VERDAD. No podemos dejar de compartir este momento épico con nuestros suscriptores.

¡VAMOS A GRABARLO!

—Sí, Mateo, ¡así al menos nos divertimos! —¡Qué bien, ahora Daniela me apoya!—. Además, si no hay nada dentro no lo vamos a publicar porque sería un **SUPERFAIL**, pero si hay algo genial... ¡tendremos nuestras caras de sorpresa grabadas!

—¡VENGA, A GRABAR! Seguro que será tan **COOL** que Mami nos acabará suplicando que lo publiquemos.

Modo **SUPERIDEA** on.

Empiezo a montar el trípode como puedo y coloco la cámara. Daniela ya se está mirando en un espejo para comprobar que su pelo está bien antes de grabar y ensaya su mirada ANGELITO YOUTUBER (tiene un encanto que traspasa pantallas). ¿Por qué las chicas son tan coquetas? Bueno, y los chicos también...

Ah, espera. Que Mateo también se está poniendo el **PELO PERFECTO**, y cómo nunca está como él quiere, lleva gorra TODO el día. ¡Qué tontería!

Como si un pelo fuese a decidir el futuro de la humanidad o quién va a ganar la próxima partida de Fortnite. Yo soy más práctico, prefiero el look «despeinado», así estoy peinado incluso cuando me acabo de levantar de la cama.

Bueno, ahora a grabar. Peinados o sin peinar.

—Atentos, que le doy a ●REC y ¡empezamos!

—**¡HOLA, LOCOOOS!** —decimos los tres a la vez. Como la idea ha sido mía, sigo yo solo—: Hoy os traemos un vídeo **SUPERESPECIAL**: ¿veis esta caja? Pues no es una caja cualquiera... —Daniela mueve la cabeza de un lado a otro con una sonrisa—, ¡hoy vamos a abrir una caja que viene del futuro! No sabemos lo que hay dentro, así que...

—¡¡Será **SURPRIIIIIIISE**!! —interrumpe Daniela—. Y espero que una sorpresa de las buenas, claro... Como cuando abrimos una caja sorpresa de una fan y estaba llena de chuches y slime.

—Yo solo pido que sea algo que no nos traiga **PROBLEMAS**, porque viniendo de quien viene... —Ese es Mateo. Su obligación de Hermano Mayor es ser SUPERRESPONSABLE y eso a veces significa ser SUPERABURRIDO.

Pero yo soy el hermano MEDIANO. ¡Y el aburrimiento no entra en mis planes ni en mi vida!

Así que cojo la caja, la abro... y saco **OTRA CAJA** (sí, esa ya la habíamos descubierto, pero nuestros subs no lo sabían).

—¡Otra caja, **LOCOS**! ¡Si viene tan bien empaquetado será algo importante! ¡Voy a abrirla a ver qué hay dentro!

Mateo me pasa la nueva caja (la caja número dos, sí) y empiezo a abrirla. **QUÉ NERVIOS.** Estoy temblando más que un flan en un vuelo con turbulencias. Solo de pensarlo me sudan las manos y siento mi corazón cada vez más y más y más rápido. ¡No tengo ni idea de qué puede ser!

Cierro los ojos para que, cuando los abra, descubra el maravilloso regalo de Klaus. Ya está, la caja abierta. Abro los ojos y...

WHAT!?

¿? ¿? ¿? ¿? ¿? ¿? ¿?

Mi cara de tonto es tan **TOTAL** que cuando nos editen el vídeo seguro que amplían la imagen y la ponen a cámara lenta, en plan **SUPERDRAMA**. O me ponen un emoji al lado para compararlo conmigo, a ver quién tiene la boca y los ojos más abiertos, el emoji o yo. Miro a mis hermanos y su cara es bastante similar a la mía, aunque a Daniela le está entrando la risa. Es que dentro de la caja hay...

¡¡OTRA CAJA!!

Daniela ya no se aguanta y se está tronchando de risa.

—¡Otra caja! **THIS IS CRAZY!**

A Mateo no le hace tanta gracia, porque a los hermanos mayores tampoco les gusta mucho que les hagan bromas. Eso sí, ¡gastarlas le encanta! Recuerdo cuando nos untó una tostada a Daniela y a mí con **COMIDA PARA GATOS** diciéndonos que era un paté exquisito y nos la comimos. Sabía raro, pero ¡¡nos lo comimos todo pensando que era un paté especial!!

No nos hizo nada de gracia cuando nos lo confesó, pero a él se le saltaban las lágrimas al vernos comerla y más al ver la cara que pusimos cuando nos enteramos. Ya se la devolveremos (si no se me olvida, que soy un desastre para las venganzas)...

DON SOY MUY GRACIOSO me quita la caja para investigar. Como siempre, tiene que buscar la explicación a **TODO**. Empieza a agitarla como si fuese un batido.

—**¡PARA, MATEO!** ¡Lo podrías romper! —protesta Daniela, estirando los brazos para que le pase la caja—. ¡Dámelaaa, que me toca a mííí!

Mateo la mira con cara de **HERMANO MAYOR** y se la da, aburrido del juego. Si no descubre él el misterio, ya no le interesa. Pero... ¿y si es una broma de Klaus, como dice Mateo? Tres cajas son demasiadas para proteger algo, por muy frágil que sea... ¡y no ponía «**FRÁGIL**» por ningún sitio!

Daniela está tan nerviosa que tarda más que en hacer los deberes de Lengua. ¡Tensión máxima! Es que, cuando la cámara le enfoca, le gusta alargaaar los momentos para ser el centro de atención.

—Vamos, Dani, ¡¡ábrela ya!!

La abre y...

CAPÍTULO 2

VÍDEO FAIL

OTRA CAJA MÁS.

Imagina que estás esperando la carta de Hogwarts y te llega un folleto con las ofertas del supermercado.

F A I L T O T A L.

—¡Locos! Este unboxing no está saliendo como esperábamos —digo a cámara con cara de perrito triste. Aquí seguro que me pondrían el emoji con la lagrimita al editar.

Es que no me lo puedo creer, no puede ser. ¿Para qué perdería así el tiempo Klaus? ¿Solo para reírse de nosotros? **PERO ¿POR QUÉ?** Si parecía un tío cool...

—Hugo, para de grabar. Esto no es un FAIL. Esto es el **FAIL MÁS ÉPICO DE LA HISTORIA**.

—Bueno, Mateo, nos vale para tomas falsas de algún vídeo o recopilación de fails. Esos vídeos también molan. De todas maneras yo quiero llegar al final, a ver cuántas cajas hay, porque creo que aún quedan unas cuantas...

—¡¡Seguro que hay algo dentro de la última caja!! —Daniela siempre es la última en perder la ilusión.

—Sí, **AIRE**. Eso es lo que hay —apostilla Mateo.

—Igual es aire de una montaña del futuro, el aire **MÁS PURO DEL UNIVERSO** y al respirarlo nos da superpoderes. ¿Os imagináis? Un aire mágico que te llena de vida y...

Mateo suspira y empieza a abrir **LA SIGUIENTE CAJA**. Y la siguiente, y la siguiente, y la siguiente...

Vaya, pues tiene razón, **¡COMO SIEMPRE!** Creo que ese también es un poder de hermano mayor: Mateo SIEMPRE tiene razón. Klaus nos ha tomado el pelo pero bien tomado. Al final solo queda una **CAJA PEQUEÑA**.

—Jooo... yo quería un regalo de Klaus —dice Daniela con carita de pena—. En esa caja tan pequeña no cabe nada. Ni siquiera el aire mágico de la montaña del futuro. Bueno, sí cabe, pero para una pequeñísima bocanada que no daría poderes ni nada.

—¡Esperad! ¿Y si las cajas son el regalo? —sugiero—. Quiero decir... ¿Y si son **CAJAS MÁGICAS COMO HA DICHO DANIELA**?

—Sí, seguro que es eso. Tienen el superpoder de guardar cosas. **MAGIA PURA DE CAJA DE CARTÓN NIVEL SUPERIOR** —se ríe Mateo.

—**TODAVÍA NOS QUEDA ABRIR LA ÚLTIMA CAJA** —dice Daniela, sin perderla de vista.

—No te hagas ilusiones, Daniela. Ha sido la venganza de Klaus por llevarnos su cámara sin permiso. Venga, Hugo, toma la caja. Ábrela y terminemos con esto, que ya es la hora de cenar. No sé para qué hemos perdido el tiempo con esto, podríamos haber estado jugando a Fortnite.

Tiene razón. Miro con desilusión la cajita que está en mis manos y no sé si me siento peor por no tener un regalo de Klaus, por la desilusión que se va a llevar mi hermana que aún mira la caja con esperanza o porque mi **SUPERIDEA** para un vídeo genial haya **FRACASADO**.

Lo mejor será abrir la última caja y olvidarnos de Klaus. Pero no sé por qué tengo mariposas en el estómago si ya sé que no va a haber nada. ¿O será el **HAMBRE** que tengo? Creo que hoy toca **PASTA BOLOÑESA**, la huelo desde aquí abajo, qué rica con el queso rallado por encima...

Así que después de un montón de cajas, a cada cuál más pequeña, hemos llegado a una tan pequeña que cabe en la palma de mi mano.

—¡Por fin hemos llegado a la última! —grito eufórico.

—Bueno, eso creemos, pero... —Mateo ve mi mirada asesina—. Vale, vale, **¡ÁBRELA!**

Casi no puedo maniobrar para abrirla porque Daniela se me ha pegado tanto para ver lo que hay dentro que no tengo espacio.

Abro la cajita y...

—**¡¡¡LO SABÍA!!!** —Daniela está saltando de alegría y casi me tira a mí, la caja y **LO QUE HAY DENTRO**.

Dentro de la caja hay...

—**UN ANILLO.** ¡Un anillo de verdad, no es **CLICKBAIT**!

—Pues vaya, me esperaba otra cosa... —dice Mateo.

—Tú no te esperabas nada, listo.

—Daniela tiene razón—. Es un anillo y, además, parece que es para mí. **¡¡GRACIAS, KLAUS!!**

—¿Por qué para ti, Daniela? —le digo apartándola del objeto—. ¡Esta cosa es flipante!

—A veeer. —Mateo me lo arranca de las manos y lo estudia con una lupa—. Parece de acero, pero es **SUPERLIGERO**. ¿En el futuro habrán inventado el acero light?

Si inventan los **CUPCAKES LIGHT** en el futuro, por fin podré sustituir la lechuga por pastelitos sin que Mami me eche la bronca.

—**¡¡ES SUPERSUPERCUUUUUUUUUTE!!** —dice Dani, y se lo quita a Mateo más rápido que cuando se coge el bol con las fresas más grandes de postre.

—Seguro que sirve para algo. Al principio también creíamos que la cámara imposible era una cámara normal y al empezar a usarla...

—Ya, pero tenía la ruedecita y los botones para manejarla. Y este anillo solo tiene tres piedrecitas transparentes que no hacen nada, ¿ves? —dice Mateo apretándolas. A veces se pone tan listillo que parece **EL PRIMO DE SIRI.**

—Bueno, a mí me da igual si sirve para algo o no. —Daniela no necesita excusas para usarlo—. Es un regalo y punto. Es **GENIAL** para hacer **MUSICAL.LYS CHULÍÍÍSIMOS.** ¡Ojalá Kevin me regale uno parecido algún día! —De pronto advierte su error—. ¿He dicho Kevin? ¡Quería decir «**QUÉ BIEN**», ¡ja, ja, ja! Menuda torpe...

Mami nos llama a cenar. De verdad creo que tiene un radar para intervenir en el momento justo. Eso sí que son superpoderes. ¿Será Mami un invento de Klaus y no nuestra verdadera madre?

—**¡CHICOOOOS! ¿QUÉ HACÉIS? ¡QUE LA CENA YA ESTÁ LISTA Y SE ENFRÍA!**

—¡Ya vamooos! —contesto gritando, antes de que se le ocurra bajar a por nosotros y vea un montón de cajas y empiece a interrogarnos como un agente del **FBI**.

—Tenemos que dejar el asunto del anillo por hoy. Nada de cogerlo a escondidas, ¿eh, Daniela? —le advierte Mateo.

Mi hermana sonríe apretando los dientes.

—Claro que no. ¡Ja, ja! **¡QUÉ IDEA MÁS LOCA!**

¡Huuummm! Tiene sospechosamente las manos detrás de la cintura... Y a mí todo esto me suena... Parece un déjà vu, que es como cuando ves un vídeo **UNA Y OTRA VEZ**, pero es la vida real. Así empezó todo también con la cámara: estamos grabando, algo raro pasa, Mami nos llama a cenar, le ocultamos todo y disimulamos... Bueno, hoy hay boloñesa y no hamburguesa, pero al fin y al cabo es carne picada. ¡Esto me da mala espina...!

Mientras apago la cámara, sigo pensando... Siendo un anillo del futuro e ideado por Klaus, SEGURO que no es un anillo normal. Pero ¡hay que descubrir para qué sirve!

Pero ahora mismo hay algo más urgente que el misterio del anillo: el olor de la cena llega hasta el sótano. ¡¡Mis neuronas solo pueden pensar en los espaguetis!!

CAPÍTULO 3

REUNIÓN SUPERSECRETA DE HERMANOS

—¡ARRIBAAA!

Noto besitos en la frente. Ya sé que es Mami que intenta despertarme, pero quiero alargar un poco el sueño. Solo cinco minutos más. O cinco horas.

ODIO levantarme. Bueno, no. Más bien **ME ENCANTA DORMIR**. Mucho. Siempre. Lo que más. Bueno, no más que las hamburguesas o las pizzas. O sí. No sé. Tengo sueño...

—¡Hugo, que te levantes, hombre! —Cuando ya no hay besitos es que ya se ha terminado el remoloneo. Y después de los besitos vienen... ¡Los pellizquitos!

—Ay, Mami, ¡que ya voy!

—¡Arribaaa! ¡¡A la ducha!!

Mami tiene el plan perfecto para despertarme:

1) **BESITOS:** Principio del ataque. Empieza suave.

2) **PELLIZQUITOS:** Fase superior. Me los da por todas partes (sí, por TODAS PARTES ¡incluido mi trasero!) para que me levante.

3) **TIRÓN:** Mami me coge de un tobillo y empieza a tirar y tirar hasta sacarme de la cama.

Ese es su **PLAN LETAL** contra mi superpoder **DORMILÓN**. Pero yo no me rindo tan fácilmente: me agarro a la cabecera con todas mis fuerzas mientras intento seguir con mi sueño, pero al final los pellizcos llegan a la zona crítica (cinco centímetros por encima de mi cadera) y Mami me gana.

¡Hora de la ducha! Estoy tan a gustito y me relajo tanto que mi madre siempre tiene que volver a reñirme porque se hace tarde. **¡QUÉ PESADA!** En la vida hay tiempo para todo, hasta para dormir un ratito en la ducha.

Mientras acabamos de desayunar, nos metemos en el coche. De camino al cole retomamos el asunto del día anterior. Sí, el asunto del anillo, ¿cuál si no? Tenemos que hacer algo para que Rafa, nuestro chófer, no se entere de la conversación.

—¿Podrías poner música **ELECTRÓNICA**? —le pedimos los tres a la vez.

—¿Desde cuándo os gusta la música electrónica? —pregunta extrañado.

—¡Y con el volumen **A TOPE**!

Rafa accede a nuestra extraña petición. Lo que no sabe es que lo que queremos es que haya tanto ruido que no pueda oír nuestra conversación. En otra ocasión le pedimos música de trompetas, pero acabamos con la cabeza tan taladrada que no pudimos dormir en dos semanas.

Cuando Rafa pone la música, podemos empezar a hablar:

—Dani, no llevarás el anillo, ¿**VERDAD**? —le pregunta Mateo bajito justo antes de llegar al cole.

—Que nooo. ¿Para qué quiero el anillo si no sabemos lo que hace? —Mateo la mira desconfiado, pero yo la creo.

Tenemos un **PHP** (Pacto de Hermanos Pequeños) para no sospechar uno del otro si no hay motivos suficientes o peligro de muerte.

—Más te vale —dice Mateo—. Después lo hablamos con calma en la **RSH**.

Una **RSH** es una Reunión Supersecreta de Hermanos. Es un invento de los Crazy Haacks solamente para situaciones **EXTREMAS**.

El corazón me da un vuelco. Esas reuniones solo son para ocasiones **MEGAEXCEPCIONALES**.

La mañana se me hace eteeerna. ¿Para qué sirve aprender raíces cuadradas? Yo eso no lo voy a usar nunca. Jamás. Mejor hago una siestecilla, que el profe de Maths **NUNCA** se entera de **NADA**.

¡¡¡RINGGG!!!

¡Hora del recreo!

¡POR FIIIN!

Aunque el sueño de la clase de Maths no ha estado nada mal: grabábamos un reto de comer hamburguesas gigantes en quince minutos. Y, hablando de comida, **OTRA VEZ** me he olvidado el bocata encima de la mesa y **NADIE** me ha avisado.

¡¡QUÉ HAMBRE!!

Será mejor que aproveche la Reunión Supersecreta de Hermanos para coger un poco del bocadillo de mis hermanos.

Cuando llego a nuestro **PUNTO DE ENCUENTRO**, ellos ya están allí.

—Bueno, al grano, chicos. Primer punto del día... **¿QUÉ HACEMOS CON EL ANILLO?**

—**¡NOS LO QUEDAMOS!** —digo de pronto. Mateo pone los ojos en blanco.

—¡¡Yo quiero enseñárselo a mis amigas!!

—Pero, chicos, ¿vosotros creéis que un anillo que nos regala Klaus es un anillo normal? ¡Imposible!

—Porfiii ¡¡no devolvamos el anillo!! Es tan mono... —dice Daniela **SACANDO EL ANILLO DE SU BOLSILLO.**

¡¡¡DANIELA!!! —gritamos Mateo y yo a la vez.

LO SABÍA.

HA TRAÍDO EL ANILLO A LA ESCUELA SIN PERMISO.

—¡¡No pasa nada!! ¿¿Qué va a hacer esta cosa tan pequeñita??

Daniela se pone el anillo en el dedo índice. Le va perfecto.

—¿Veis que mono? No pasa nada. El único poder que tiene es ser **SUPERCOOL**.

—Sí pasa, Daniela, se ha encendido una de las piedras...

¡OH-OH!

Mi hermano tiene razón. Se ha encendido la primera piedra y sale una luz de color verde. Mateo y yo estamos más serios que cuando nos quedamos sin internet, pero Daniela se ríe, feliz porque su anillo se ilumina.

—¡Cómo mola! Un anillo con luz, como las **ZAPATILLAS LED** que teníamos y que se iluminaban las suelas, ¿os acordáis?

Mateo y yo seguimos sin reírnos. Y es raro porque a mí casi todo me da risa. Pero el verde nunca me ha dado buena espina: es el color de las verduras.

—Daniela, es mejor que te lo quites enseguida, no sabemos lo que puede pasar —advierte Mateo—. A lo mejor es algo malo.

Pero de pronto, la luz verde del anillo resplandece aún más y...

Mateo cambia radicalmente de actitud:

—Ahora que lo pienso: **¡QUÉDATE EL ANILLO!** ¿Quién lo va a usar mejor que tú?

WHAAT??

¿¿Mateo está dejando que Dani se quede el anillo?? **¡IMPOSIBLE!** ¿Qué le está pasando a su **SUPERRESPONSABILIDAD** de hermano mayor?

Daniela da un bocado a su bocata, satisfecha. Y eso hace que me acuerde del hambre que tengo acumulada.

—¿Me das un poco de tu bocata, Daniela?

Daniela niega con la cabeza y me responde:

—Mateo, dale tu bocata a Hugo. Yo estoy **MUERTA DE HAMBRE**.

Ya me puedo comer los arbustos del cole, porque Mateo jamás me dará ni un pellizco de su bocadillo.

Pero, para mi sorpresa, mi hermano accede **AL SEGUNDO**:

—Claro, pobrecito —dice Mateo, y me da el bocata **ENTERO**—. Tú te lo mereces más que yo.

—Eeeh... **¿GRACIAS?**

¿Qué pasa aquí? No es normal que me dé su bocadillo sin ni siquiera quejarse. Y mucho menos si es de jamón. ¿Por qué Mateo se comporta como si una **BABOSA ALIENÍGENA** lo controlase como un títere?

CAPÍTULO 4

ÍNDICE

Aquí pasa algo **MUY RARO**. Pero las preguntas pueden esperar a que me zampe su bocata.

¡ÑAM!

El bocata está riquísimo. El resto de los niños juegan al fútbol en el patio mientras nosotros tres pensamos qué hacer con el anillo, cuando de pronto...

—¡¡Ay!! —protesta Daniela—. **JOLÍN**, Raúl, ¡ten cuidado!

Raúl le ha dado un balonazo a mi hermana. **A POSTA.** Raúl no me gusta, siempre la está molestando y es un chulito.

OH-OH. Y se está acercando a nosotros.

—Vete de aquí, Raúl —le digo.

Aunque es más pequeño que yo, el abusón es tan peligroso que le da miedo hasta a Mateo.

—**¿Y QUIÉN ME VA A OBLIGAR?** —Raúl me saca la lengua—. **¿¡TÚ!?**

Entonces Daniela da un paso al frente. ¡Para defenderme a mí! ¡Como si fuese mi hermana mayor!

—¿No has oído lo que te ha dicho mi hermano? —le dice muy seria—. **¡QUE TE VAYAS!**

Estoy seguro de que Raúl va a montar follón, pero... lo que sucede es **FLIPANTE**.

Ni siquiera contesta a Daniela. Le hace caso, da media vuelta y se va. Parece un perrito asustado después de ver un elefante.

¡ESTO ES HISTÓRICO.

RAÚL HUYENDO.
LO NUNCA VISTO.!

—Qué fácil ha sido, ¿no? —dice Mateo.

—**DEMASIADO...** —El mundo es demasiado raro desde hace cinco minutos.

—Mirad, ¡ahora se ha encendido otra piedra! ¡Y la luz es amarilla!

Daniela tiene razón. Dos de las tres piedras están iluminadas, y no sabemos por qué.

—A lo mejor el anillo está roto y no funciona bien. La **TERCERA PIEDRA** ni se enciende y la segunda se ha encendido tarde —dice Mateo.

—Ya lo resolveremos luego, que se está acabando el tiempo del recreo. Mis amigas ya se han ido, ¿saltáis conmigo a la comba? **¿¿PORFI, PORFI, PORFI??** —pregunta Daniela.

Ni hablar. ¿Saltar a la comba? ¿Para que se rían de mí? Lo estará diciendo en broma... Le voy a decir que vaya a buscar a sus amigas o que juegue a otra cosa.

Pero una voz sale de mi interior. ¡Aunque no la controlo yo!

—Claro, Daniela, **¡VAMOS!**

SO-CO-RRO. ¿He dicho yo eso? En cuanto Daniela saca la cuerda, mis piernas empiezan a botar. ¡Mateo hace lo mismo **SIN RECHISTAR**! ¡Ay, Dios mío!

¡ESTAMOS SALTANDO A LA COMBA!

Pero Daniela no se queda ahí:

—Si cantamos, es más divertido. —Mi hermana se lo está pasando bomba.

Y los tres nos ponemos a cantar:

El cocherito leré
Me dijo anoche, leré...

Siento como si las palabras saliesen por mi boca sin mi permiso. ¡Jamás me recuperaré de esta humillación pública! Y Mateo canta con la misma cara de pánico que yo. **¿QUÉ NOS ESTÁ PASANDO?**

Todo el patio se está riendo de nosotros. Incluido Raúl, claro.

—Raúl, **¡NO TE RÍAS!** —le ordena Daniela.

Y deja de reírse.

—Raúl, salta tú también. —Daniela sonríe de un modo muy misterioso—. ¡Verás lo divertido que es!

Raúl viene hacia nosotros. Seguro que quiere tirar la comba o reírse en mi cara.

Ya estoy preparado para las risas, pero... No pasa eso. ¡Raúl se apunta a saltar!

—¿Veis? ¿A que mola? —Daniela está feliz como una perdiz en DISNEYLAND.

Estamos haciendo **EL RIDÍCULO MÁS GRANDE DE LA HISTORIA**. ¡Y no puedo evitarlo! Y creo que Raúl tampoco... Pero lo importante es que ¡¡ahora ninguna chica me tomará en serio!!

Lo único bueno de esta situación es que Mateo está haciendo el mismo ridículo que yo. Estaremos empatados a ligues. A cero, pero empatados.

Qué raro todo... ¿Nosotros saltando a la comba? ¿Con Raúl? ¿En medio del patio? Seguro que esto tiene que ver con el **ANILLO**. Cuando empiezan a pasar cosas raras y hay un invento de Klaus cerca, no hace falta ser muy listo para ver la relación entre lo uno y lo otro.

—Anda, mira, se ha encendido la tercera luz. ¡Y es de color rojo! **¡QUÉ MONO!** —dice Daniela enseñándonos el anillo.

Daniela detiene el juego de la comba. Parece que ya se ha cansado.

Pero no. Tiene una idea peor:

—¡A ver quién da más **VOLTERETAS** en un minuto!

—No, por favor. Piernas, ¡estaos quietas! Manos, ¡¡no toquéis el suelo!! **¡¡¡NOOO!!!**

Sin darme cuenta estoy dando volteretas una detrás de otra en el patio. Parezco un **NINJA** barriendo el suelo con mi pelo.

—Hacedme sitio, ¡que voy!

Mateo tampoco se queda atrás. ¡Y hace unas volteretas alucinantes! Estoy boca abajo y no puedo parar de girar y girar... ¡Creo que voy a vomitar el bocata de jamón!

—¿Veis qué bien lo hacen mis hermanos? —Daniela lo grita delante de todos—. **¡SON LOS MEJORES DEL MUNDO!**

Maggie, la gimnasta oficial del colegio, se marcha llorando. Le acabamos de arrebatar el PUESTO N.º 1. ¡¡Y eso que ni siquiera sé por qué he hecho caso a Daniela y he empezado a hacer piruetas!!

Salvados por la campana. Hay que volver a clase. ¿Por qué sigo dando volteretas?

Daniela está muy concentrada en el anillo:

—**VAYA, SE HAN APAGADO LAS LUCES** —dice Daniela, con cara de pena.

Ahora sí, por fin podemos parar de hacer piruetas. **QUÉ DESCANSO.** Esta **LOCURA** parece haber terminado y recupero el dominio sobre mí mismo. ¡Pensaba que no terminaría jamás!

Aunque Dani está más triste que cuando corté el pelo a su muñeca favorita.

¿Tendrá el anillo algo que ver con todo lo que ha pasado? **¡SEGURO QUE SÍ!**

Antes de que a mi hermana se le ocurra **REINICIAR EL JUEGO**, le quito el anillo y lo guardo en mi bolsillo. Es hora de entrar en clase, pero miro a Mateo con cara de «Hay que hablar de lo que acaba de pasar para que no vuelva a pasar **NUNCA**».

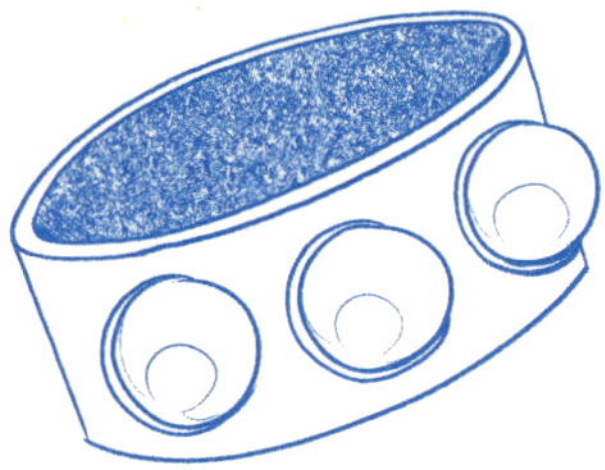

CAPÍTULO 5

ANULAR

La vuelta a casa en coche la hacemos callados. La escena en el patio nos ha dejado claro que el anillo no es un anillo cualquiera. **PODRÍA SER PELIGROSO. MÁS QUE PELIGROSO. ¡PELIGROSÍSIMO!**

Pero ya se sabe que el peligro atrae a los **CRAZY HAACKS** más que el Black Friday a mi padre. ¡Es inevitable! A veces pienso que tenemos algún tipo de mutación genética para meternos en **PROBLEMAS**. Para eso... y para quedarnos dormidos en cualquier situación.

Cuando llegamos a casa, Daniela ya está pensando en grabar un musical.ly con el anillo. En teoría tendría que ser Mateo el que le parase los pies (es otro **SUPERPODER DE HERMANO MAYOR**) pero está demasiado concentrado en el móvil.

Yo creo que Mate está chateando con su novia. Bueno, **CASI SEGURO**. Y sé quién es.

Pero si lo digo en voz alta sé que lo voy a pagar durante **SIGLOS**.

Se han **BESADO** y todo. Les pillé el otro día en el pasillo al lado de las taquillas.

Dice que «salen» juntos, pero no salen a ningún sitio, solo se ven en clase y se besan al lado de las taquillas. **NADA MÁS**. ¿Y para eso quieres una novia? Si yo «saliera» con una chica, estaría todo el día con ella: nos sentaríamos juntos en clase, comeríamos juntos en el comedor, haríamos los deberes juntos... **TODO JUNTOS.** Pero, claro, la chica que me gusta aún no ha nacido.

No quiero decir que no exista, sino que nacerá dentro de unos **285 AÑOS** más o menos. O sea, que vive en el futuro, pero tiene mi edad. Vamos, que es **HANNAH**, la sobrina de Klaus. Por si no lo sabíais...

Bueno, ya os contaré más otro día. Ahora lo que tenemos que hacer es **IR AL SÓTANO** y **SOLUCIONAR** el «**PROBLEMA**» que tenemos entre manos. O entre dedos, mejor dicho.

Pero antes de que podamos escabullirnos, Mami nos detiene en la cocina.

—Hugo, ¿es que no piensas merendar? —me pregunta—. Eso sí que es **INAUDITO**.

¡Claro, la merienda! Con el estómago revuelto después de dar tantas volteretas, mejor comer algo consistente para seguir pensando qué hacer con **EL ANILLO**.

—¿Qué hay de merienda, Mami?

—Lo que quieras, pero que no sean chuches y que lleve fruta.

—¿Valen creps de chocolate (no cuenta como chuche) con fresa y plátano? —pregunto esperanzado.

ÑAM

—Sí, pero te las tienes que hacer tú, ¿vale? María José y yo estamos liadas ordenando arriba los armarios...

¡BUF, QUÉ PEREZA! ¿Sacar la batidora y ponerme a hacer la masa de las creps? Pero es que me apetecen un montón...

¡YA SÉ!

Si Daniela ha podido controlarnos gracias a los poderes del anillo, yo no voy a ser menos.

La **VENGANZA** es un plato que se sirve frío... Y en mi caso, ¡con mucha **NATA**!

Sin que nadie me vea, saco **EL ANILLO** de mi bolsillo y me lo pongo. **¡BIEN!** Se ha encendido la luz verde, igual que esta mañana en el patio.

Buena señal.

No solo voy a conseguir que me hagan las creps, sino que me voy a vengar de Mateo por hacerme comer comida de gato.

—¡Mateo! Levántate del sofá y ven a hacerme unas creps.

Mateo levanta lentamente la vista de su móvil y, con aires de grandeza, me mira durante dos segundos (no más) levantando las cejas. Y sigue chateando con su novia.

A ver. No lo entiendo. No me ha hecho ni caso. Voy a probar con Daniela. Quizá si lo pido con más amabilidad...

—Dani, ¿me preparas unas creps, porfa?

—Estoy muy ocupada planeando **ALGO TRASCENDENTAL** —dice como si estuviese a punto de unirse a una misión para ir a la luna, y añade—: ¡Estos musical.lys van a quedar **SUPERTOP**!

Pues no entiendo nada. ¿Por qué a Daniela le funciona y a mí no? Ahora me voy a tener que hacer mis propias creps y, lo peor de todo, limpiar después todo lo que mancho, que no suele ser poco.

—Ojalá las creps se hicieran solas... —digo en voz baja.

Justo cuando pronuncio esas palabras, se abre la puerta del armario como por arte de magia y salen la batidora, la harina, el azúcar...

¡Y TAMBIÉN SE ESTÁ ABRIENDO SOLA LA NEVERA!

Los huevos, la mantequilla y la leche vuelan hasta la encimera de la cocina, al lado de la batidora y el resto de los ingredientes.

ESTO ES...

ÉPICO.

Tan épico como la baba que se me cae al verlo.

Tengo la boca taaan abierta que el emoji sorprendido me tendría envidia.

Miro al sofá y Mateo sigue chateando, ¡no se ha enterado de nada! Y Daniela tampoco, está concentrada con sus posturitas de Musical.ly sin ver nada a su alrededor.

¿Habrá pasado de verdad? ¿O me he quedado dormido y lo estoy soñando? Miro el anillo que reluce en el anular de mi mano derecha. Tiene encendidas dos luces: la verde y la amarilla.

1 2

Dani y Mateo **TIENEN** que ver esto.

—**MAAATTTEEEOOO** —lo llamo con voz temblorosa.

—¿Qué pasa? ¡Que no te voy a hacer las creps!

—No, no es eso, ven. ¡Daniela! Tú también, porfa... ¡Es **UR-GEN-TE**!

Ya vienen. Obviamente por mi cara de susto, y no porque obedezcan órdenes.

—Chicos —les digo **BAJITO** para que no me oiga Mami, que está arriba—, no os lo vais a creer. De hecho, yo no me lo creo.

Mateo me mira con esa cara de «No me hagas perder el tiempo» y Daniela con la de «¿Qué pasa, qué pasa? **¡CUENTA, CUENTA!**»

—**PREPARAOS PARA FLIPAR**: ¡he hecho volar los ingredientes y la batidora por la cocina!

Mateo y Daniela se miran y se echan a reír.

—Normal —contesta mi hermano—. Con lo **TORPE** que eres, seguro que se te ha caído todo... Hugo, no estoy para bromitas, que tengo muchas cosas que hacer.

—¡En serio! —Y les enseño el anillo en mi dedo.

La cara de los dos cambia más rápido que los modelos de iPhone y ponen cara de **SHOCK**.

—**¿¿¿TE LO HAS PUESTO???** —preguntan a la vez Mateo y Daniela.

ERROR FATAL.

No había pensado que al contarles lo de los poderes del anillo me iba a autodelatar, así que me justifico:

—Miradlo por el lado positivo: yo quería usar el anillo para mandaros como ha hecho Daniela en el patio, pero en su lugar he descubierto que puede **HACER LEVITAR COSAS**.

—¿El lado positivo? —pregunta Mateo—. **¡QUERÍAS CONTROLARNOS COMO MARIONETAS!** Si yo fuera Mami te castigaría sin Play durante al menos... ¡seis horas!

Mi hermano mayor siempre se queda en los detalles. Daniela, sin embargo, ya está fantaseando:

—Entonces, ¿también hace que las cosas vuelen? ¡¡Yo quiero **VOLAR**, Hugo!!

Yo ya estoy imaginándome haciendo levitar bien lejos los deberes de Science, pero tengo que frenar los sueños de Dani antes de que me pida ir al Caribe gracias a la levitación:

—Todavía no sé cómo funciona —insisto.

—Eso, prueba con otra cosa, ¡quizá **LOS OBJETOS** también obedecen órdenes y no solo **LAS PERSONAS**!

—No, porque vosotros **NO** me habéis obedecido, ya lo habéis visto. —¡Con las ganas que tenía de vengarme de Mateo!—. Yo creo que se trata de **OTRO PODER DEL ANILLO.**

—Da igual, ¡prueba a ver si la tele te obedece! Pon **NETFLIX** —dice Daniela. ¡Nunca es mal momento para viciarse con una serie nueva!

Me concentro para que se encienda el televisor.
La miro intensamente y...

CAPÍTULO 6

TELEQUINESIA

No pasa **NADA**.

Cierro los ojos con fuerza para concentrarme más. Pero todo queda **IGUAL**. Lo único que ocurre es que se me pone cara de **ESTREÑIDO**.

—No funciona —digo con tristeza. A lo mejor la tele se ha estropeado y no nos hemos dado cuenta—. Voy a coger el mando a distancia a ver si tiene pilas.

Y, de repente, ¡el mando viene volando hacia mí!

Los tres nos miramos **ATÓNITOS**.

—¡Es telequinesia! —dice Mateo

—¿¿¿Telequiquééé??? —A Dani y a mí nos suena a chino.

—**TELEQUINESIA**, el poder de mover cosas con la mente. —Mateo lo sabe todo, como si le hubiesen instalado la Wikipedia entre ceja y ceja—. Comprobemos el alcance del poder: prueba a mover este vaso.

Miro el vaso, me concentro, y el vaso se desplaza por la mesa.

¡¡¡FUNCIONA!!!

Justo en ese momento, se enciende la tercera piedrecita del anillo, la **ROJA**. Eso no sé qué significa, pero lo de mover cosas... **¡MOLA!** Ahora podré ordenar mi habitación en un momento, coger una Coca-Cola de la nevera sin levantarme del sofá, comer palomitas tumbado haciendo que vuelen hasta mi boca, e incluso levitar hasta el pupitre del cole sin tener que despertarme. ¡Con mantita incluida!

¡Qué divertido! No quiero parar todavía. Charlie está durmiendo en una silla del comedor, como siempre, casi en el borde. Me concentro en moverlo y... **¡CAE AL SUELO!**

—Ay, Hugo, **¡POBRE CHARLIE!** —Daniela me mira con carita triste.

—De todos modos le hacía falta moverse un poco —me excuso sin poder reprimir la risa.

Me vuelvo hacia Mateo y se me ocurre la mejor venganza por hacerme comer comida de gato.

—Hugo. —Él adivina mis intenciones al ver mi sonrisa de oreja a oreja y mi arqueo de cejas—. **¡NI SE TE OCURRA!**

Ya es tarde. Estoy concentrado mirando los pantalones de Mateo y... ¡abajo!

—¡Llevas calzoncillos rosas! —Daniela no puede parar de reír y yo, tampoco. Se lo merece por la broma del otro día.

Mateo se sube los pantalones ofendido y mira el anillo.

—Hugo, ¡¡¡quiero probarlo!!! Ya lo habéis probado tú y Daniela, **ES MI TURNO**.

—¡Ni hablar!

Mateo me persigue por el salón para hacerse con el anillo, pero se cae una y otra vez porque le atacan con los cojines del sofá dándole almohadazos en la cara bajo mis órdenes telequinésicas...

¡Esto de mover objetos es una **PASADA**!

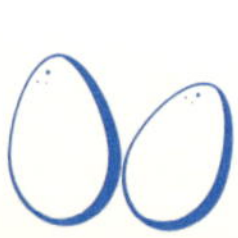

Llegamos hasta la encimera de la cocina y tengo una idea: ¿y si le tiro los **HUEVOS** a la cabeza? ¡Sí! ¡Y luego un poco de harina!

Ya estoy riéndome mientras me lo imagino pero... no funciona. Vuelvo a mirar fijamente el brick de leche y me concentro para moverlo, pero tampoco se mueve. Intento mover una silla y nada. Los cojines tampoco. **¡UPS!**

Mateo viene furioso hacia mí.

—¿Ya te has cansado, Hugo?

—No, es que... el anillo **YA NO FUNCIONA** —me río.

—**ESTA TE LA GUARDO** —me dice muy enfadado, pero ahora tenemos un asunto más urgente que atender.

Las piedrecitas del anillo están apagadas.

—Parece que solo funciona cuando las luces están encendidas.

—Se enciende la primera, que es de color verde, en cuanto te lo pones. Y al rato la segunda, que es amarilla. Y después la tercera, roja —le aclaro.

—**¡ESO ES!** —exclama Mateo—. ¡**LAS LUCES MIDEN EL TIEMPO QUE DURA EL PODER DEL ANILLO**!

He de reconocer que es listo. Va de listillo, pero es listo. Las cosas como son.

—Pero ¿por qué cuando me lo he puesto yo podía dar órdenes y me obedecían y cuando se lo ha puesto Hugo podía hacer telequinesia? —pregunta Daniela, que tiene celos de mi poder. ¡Con lo que molaba el suyo!

—Eso no lo sé. La única forma de averiguarlo es que lo use yo —concluye Mateo, a punto de ponerse el anillo.

Hasta que alguien interrumpe la escena.

—PERO ¡¡¡ESTO QUÉ ES!!!

Ups, Mami ha bajado. Y ha visto el desastre en el salón, con todos los cojines por el suelo, las sillas volcadas, la comida tirada por la encimera...

Su barra de enfado está superando el **100%**.

¡ALARMA! ¡ALARMA!

—Esta vez os habéis pasado. Venga, a recoger ¡y castigados sin móvil hasta mañana!

—Pero, Mami, si Mateo y yo no...

—Tú también, Daniela, ¡y no quiero oír hablar más del tema!

Daniela y Mateo me miran con cara de «Esta nos la pagas». Mateo se acerca a mí y cuando pienso que me va a dar una colleja, me agarra la mano y me quita el anillo.

—AHORA ME TOCA A MÍ. —Y se lo guarda en el bolsillo.

CAPÍTULO 7

MEÑIQUE

La hora de la cena es más aburrida de lo normal. Mateo y Daniela no paran de echarme miraditas de «Te vas a enterar» y encima, **¡HAY BRÓCOLI!** ¿Hace falta decir más?

Odio el brócoli. Y las verduras en general. ¿Acaso somos vacas? ¿O conejos? No, ¿verdad? ¿Pues por qué tenemos que comer cosas verdes?

Pero con Mami no hay discusión sobre esto. ¡Qué pesada! Un día de estos pienso destapar el **COMPLOT MUNDIAL DE LAS MADRES CON LAS VERDURAS**. ¡Hay algo oscuro detrás, fijo! Seguro que una lechuga del futuro con superpoderes les ha sorbido el seso a todas.

Por suerte, se le ha pasado el enfado de antes:

—Chicos, ¿qué queréis grabar esta semana? Nos estamos quedando sin vídeos para el **CANAL**.

—¡¡Slime, porfi!! —Daniela siempre quiere hacer slime. ¿Por qué le gustará tanto esa masa babosa? Pero ¡si es como un moco gigante!

—La verdad es que nos lo piden siempre en los comentarios. **NOS DEBEMOS A NUESTROS FANS.** —Ya está el listillo. Verás que al final tendremos que hacer el moco verde ese.

—Si queréis un moco verde yo os puedo dar uno muy grande. Lo tengo justo aquí —les digo señalándome la nariz.

—Hugo, ¡no seas cochino! —me riñe Daniela—. Y menos mientras cenamos...

—Pues decidido: **¡VÍDEO DE SLIME!** Grabamos mañana después del cole.

Terminamos la cena y me voy a la cama. Total, después del lío del anillo estoy castigado sin móvil, así que aprovecho para irme a dormir pronto. ¿Qué pasará cuando se lo ponga Mateo? ¡No me lo quiero ni imaginar! Pero eso será mañana...

(¡Ahhh! bostezo).

Y justo cuando estoy en lo mejor de mi sueño (de nuevo el reto de comer hamburguesas gigantes en menos de quince minutos)...

BESITOS. PELLIZQUITOS. TIRÓN.

¡ATAQUE DE MAMI PARA QUE ME DESPIERTE!

Ducha, desayuno, cole, **DEBERES** y a grabar. El día ha pasado sin sobresaltos y Mateo, por lo visto, no ha usado el anillo en el cole. Seguro que lo ha guardado en un sitio seguro para que nadie lo vuelva a usar. ¡Espero que no haya sido en sus calzoncillos, puaj!

Ya estamos abajo preparados para grabar. Mami ha colocado las **LUCES** y tenemos todos los ingredientes del slime sobre la mesa.

—¿Listos, chicos? ¿Empezamos? ¡Grabando!

¡HOOOOOOOOLA, LOCOOOOOOS!

—¡Hoy vamos a hacer slime gigante de unicornio! —dice mi hermana.

—¿Cómo que de unicornio, Daniela? —pregunto—. ¡No hemos hablado de eso!

—Es que es tan bonito... brillante y de arcoíris.

Casi le sale purpurina por los ojos. ¡Es una cursi!

—Pues yo de unicornio no lo quiero hacer —le contesto enfadado.

—Yo tampoco. —Al menos en esto Mateo me da la razón. ¡Él tampoco quiere hacer el ridículo!

—Ya sé de qué lo queréis hacer vosotros —dice Daniela—: ¡slime de **ABURRIMIENTO**!

—Chicos, no peleéis... poneos de acuerdo y empezamos. ¡Ay, esperad! —El móvil de mi madre empieza a sonar—. Que me llaman... Ahora vuelvo.

Mami sale del sótano y sube arriba, que hay más cobertura. Nos quedamos los tres mirando los ingredientes.

—¿Qué hacemos? —pregunta Mateo.

—Slime.

¿NO ESTABA CLARO?

—Sí, slime, listo, pero ¿qué tipo de slime?

—¡Pues el que nos salga! Empezamos y ya vamos viendo.

—Pero tenemos que esperar a Mami. —Daniela siempre tan obediente.

—¿Para hacer slime? ¡Como si nos hiciera falta! **¡LA CÁMARA YA ESTÁ GRABANDO**, venga! Así cuando vuelva ya habremos terminado y se pondrá contenta.

Seguro que nos felicita y todo. Dice que cada vez somos **MÁS AUTOSUFICIENTES** (bueno, en realidad se lo dice a Mateo y a Daniela, ¿por qué a mí no?).

Mami se ha dejado la puerta abierta y Max entra para tumbarse delante de nosotros y observar todo, como siempre. Mientras no se cuele en el vídeo y la líe con el slime...

—Locos —digo mirando a cámara—, nos habéis retado a hacer slime casero y **¡VAMOS A HACERLOOO!** —grito emocionado mientras Dani aplaude.

LET'S GO!

—No os perdáis ningún paso —apunta Daniela—. Primero, tenemos que echar la cola blanca en un bol y...

—Lo mezclamos con el jabón —digo—. ¿Verdad, Dani?

Daniela mezcla la cola y el jabón en el bol con una cuchara de madera.

—**SHAKE IT, SHAKE IT, SH-SH-SHAKE IT!!** —canta Daniela, bailando al ritmo de su propia música.

—¡Ahora es mi turno! —continúo—. Añado colorante verde, purpurina... y sigo **REMOVIENDO**. ¡Parece una **BABOSA MUTANTE**!

Yo pensé que no me iba a gustar, pero le estoy cogiendo el truquillo al slime y **MOOOLAAA**.

Lo raro es que Mateo no se haya metido por medio intentando ser **EL PROTAGONISTA**. Me vuelvo y...

¡NO ESTÁ!

—¿¡Dónde está Mateo!? —pregunto a Daniela.

—Estaba hace un segundo en su silla. —Mi hermana está igual de sorprendida que yo—. ¡No puede haberse evaporado!

Cuando miramos la silla más atentamente nos quedamos más boquiabiertos que en el dentista.

Porque... **¡HAY ALGUIEN MINÚSCULO ENCIMA DE LA SILLA!** Un ser diminuto está dando saltitos y agitando los brazos. ¡Y algo brilla en su mano!

¿QUÉ ES ESO?

O, más bien dicho,

¿QUIÉN?

—***¿¿¿MATEO???*** —pregunto extrañado.

¡¡ES MATEO CON EL ANILLO!!

Oh, oh. Creo que mi hermano se ha encogido como los calcetines en la lavadora.

¿Me convertirá esto automáticamente en el hermano mayor? **¡BIEN!** Bueno, ¡no! ¡No quiero volverme aburrido!

—**WHAAAT???** —Daniela también flipa—. ¡Parece un pitufo! Pero si no llega ni al borde de la mesa.

CAPÍTULO 8

MINILOCOS VS. MAXISLIME

Daniela y yo nos agachamos para verle mejor. Esto es:

IN CREÍBLE

IN ESPERADO

I~~N~~M PRESIONANTE

—**¡¡AYUDADME!!** —dice Mateo con voz de haber inhalado una botella entera de helio.

A Daniela le entra la risa. A mí también un poco, pero enseguida me pongo serio. Ahora soy EL MAYOR y tengo que solucionar el problema. ¡Y vaya **PROBLEMA**!

Esto sí es un problema de verdad y no los problemas de mates de raíces cuadradas. Ya nos podían haber enseñado qué hacer cuando tu hermano se vuelve diminuto, más pequeño que tu dedo pulgar. Eso sí que me habría servido de algo.

¡Claro! ¡Le voy a quitar el anillo y así se acaba el **PROBLEMA**!

—Mateo, ¡tranquilo! **¡LEVANTA LA MANO!**

El muñequito sobre la silla que resulta ser mi hermano mayor levanta la mano. Entonces yo la cojo con dos dedos, con cuidado de no hacerle daño, como si fuese una hormiguita y... Parece que funciona. Cada vez es más grande. Crece, crece, crece...

¡JA! SOY UN GENIO. He vuelto a salvarnos a todos.

—¡¡Hugo!! —grita Daniela desde lo que parece una distancia kilométrica.

Me vuelvo para verla y... ¡es gigante! ¡Ahora entiendo! No es que Mateo esté creciendo...

Es que yo **¡¡¡ESTOY ENCOGIENDO!!!**

—¡¡Daniela, ayúdanos!!

—Voy, chicos, ¡¡esperad!!

Daniela se acerca a nosotros tan bruscamente que...

—¡¡¡Nooo!!!

SPLASH!!

El bol de slime se ha volcado y está cayendo sobre nosotros.

¿Veis por qué no debería haberme levantado esta mañana de la cama? **¡HOY TODO SALE MAL!**

Daniela me agarra de la mano para que no desaparezcamos dentro del slime, pero ella se encoge también a la **VELOCIDAD DEL RAYO**.

Genial: **THE CRAZY HAACKS, VERSIÓN MINI.** Y lo peor de todo: vuelvo a ser el mediano. ¡Qué poco me ha durado lo de ser el mayor!

Miro la mano de Mateo y el anillo ya tiene dos piedras encendidas.

—Mate, **¡QUÍTATE EL ANILLO!** —le grito.

Pero no tiene tiempo de reaccionar. La ola de slime llega a nosotros. **¡ARRRG!**

—**¡CERRAD LOS OJOOOOS!** —chillo.

—¡Y la boca! —avisa Mate.

El pringue nos cubre por completo. ¡Es como estar dentro de una nariz gigante llena de mocos!

—Uuugh, ¡no me voy a poder quitar esto del pelo! —se queja Dani.

—Olvídate del pelo, ¿¿cómo vamos a salir de aquí?? ¡¡No puedo ni moverme!! —digo mientras intento mover los pies.

—¡Nos vamos a ahogar en el slime!!

Daniela tiene razón, estamos **TOTALMENTE ATRAPADOS** en una masa viscosa verde, superpegajosa y pringosa, ¡¡y no podemos salir!!

SPLASH!!

Resbalo y caigo directo al suelo.

Bueno, al suelo no. AL SLIME.

DANIELA TAMBIÉN LO INTENTA. SE SACUDE EL SLIME, pero de forma mucho más FASHION Y COOL. Aprovecha para moverse a lo Taylor Swift en un videoclip.

—¿Por qué no hay nadie grabando cuando mejor bailo? —se lamenta.

Con el bailecito, logra quitarse gran parte del slime, pero tras dos pasos...

SPLASH!!

Yo intento levantarme de nuevo y...

SPLASH!!

¡¡Es imposible estar de pie!! Es como...

SPLASH!! SPLASH!! SPLASH!!

Mateo resbala de tal modo que cae como un gimnasta olímpico después de un salto mortal que sale mal.

Avanzar entre slime no es tan fácil como parece.

—¡¡¡MAMIIIIIIIII!!! —gritamos los tres a la vez, pero está claro que con esta voz de pitufo no nos va a oír. Como mucho, sentirá un **ZUMBIDO DE MOSCA**.

Y Mami es muy rápida con el matamoscas, ¡glups!

De repente, nuestro gato Max se acerca.

Y ahora Max es... **GIGANTE**.

Primero le pedimos ayuda. Es nuestro amigo, ¿no?

Pero cuando vemos la cara que pone, que es la misma que le sale cuando le servimos la comida, sabemos que **ALGO VA MAL**.

—¡¡Nos va a comer!! —comprende Mateo—. Cree que somos ratones. Y no MICKEY MOUSE, precisamente.

Miro a mis hermanos. Esto no pinta bien. Nada bien... Por favor, que se pase el efecto del anillo **¡YA!**

HELP!!

—**¿¿QUÉ HACEMOS??** —pregunto mirando a Mateo en busca de respuesta. Pero, POR **UNA VEZ EN LA VIDA**, no puede contestar. ¡Está completamente recubierto en slime! De arriba abajo. Como si fuera un gusano de seda envuelto en su caparazón de slime. O un filete empanado en SLIME. O una croqueta rebozada con pan de slime.

Intenta hablar, pero no deja de salirle slime por la boca. Y por la nariz. Parece que tenga un **TORRENTE DE MOCOS** de SLIME nivel más caudaloso que las cataratas del Niágara.

¡¡Esto es mejor de lo que esperaba!!

—Hugo, ¡¡deja de reírte!! —dice mientras le sale slime por la boca a cada palabra.

Tiene razón.

No quiero saber cómo es el estómago de Max por dentro. Sobre todo porque le he pillado más de una vez comiendo saltamontes y lagartijas.

Es hora de **PASAR A LA ACCIÓN**.

Max está olfateando a Daniela, justo a mi lado. ¡Por favor, que no se la coma! Su cola pasa por delante de mis narices y ¡aprovecho para engancharme a él como una garrapata!

¡¡WoW!! ¡Cómo marea esto! Max no para de agitar la cola para intentar librarse de mí. Yo trepo lo más rápido que puedo y llego hasta su trasero...

Por favor, **¡¡QUE MAX NO SE TIRE UN PEDO O MORIRÉ ASFIXIADO!!**

No huelo nada raro, así que sigo trepando por el lomo mientras Mateo me grita:

—**¡SE HA ENCENDIDO LA TERCERA LUZ!** ¡¡Date prisa!! ¡¡Max nos va a comer o vamos a morir asfixiados en el slime!!

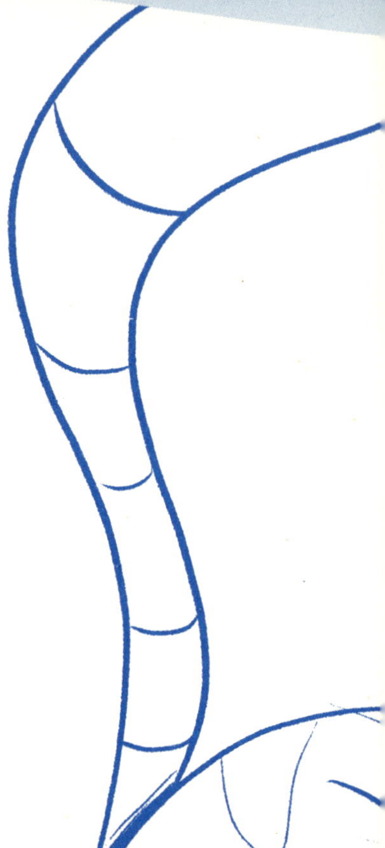

Tengo un **SUPERPLÁN** y espero que este salga bien. Debo llegar hasta el hocico de Max para distraerlo y que no se coma a mis hermanos, pero mientras me engancho a su nuca, no puedo evitar gritar:

Es como estar en un toro mecánico, pero es un gato. **MI GATO.**

—**¡¡¡MIAU!!!** —protesta Max intentando deshacerse de mí.

ESTE ES EL MEJOR MOMENTO
DE MI VIDA.
O EL PEOR, NO ESTOY SEGURO...

—**PERO ¡AYÚDANOOOOOOS!** —gritan Mateo y Daniela.

¡Uy! ¡Es verdad! Casi se me olvida. Ya me he quedado empanado cabalgando a mi gato.

Me engancho con los dientes para llegar hasta su hocico pero... Pfff, pfff, pfff. ***¡ZENGO LA BOCA ZENA DE PELOZ!*** ¡Normal que escupan bolas de pelo de vez en cuando! Pfff, pfff, pfff.

Ya está. Max está mirando a mis hermanos y yo estoy enganchado a su cara. Ahora solo tengo que tirar de un bigote para detenerlo y...

Max estornuda tan fuerte que me caigo al suelo. Las babas del gato empapan a mis hermanos, pero el viento del estornudo ha hecho que el slime salga volando y los libere de la masa pringosa.

Como un tornado, pero con mocos. **¡QUÉ ASCO!** Vamos a necesitar muchas duchas para librarnos de los restos de slime y de la baba de Max.

Y justo en ese momento, se apaga el anillo.

CAPÍTULO 9

EUQIÑEM

¡UFFF!

El efecto es inmediato. Nada más apagarse el anillo, regresamos a la normalidad.

Bueno, hablar de normalidad siendo los **CRAZY HAACKS** no tiene mucho sentido, pero ¡ya me entendéis! Lo que sí es normal es que ¡ya no somos **DIMINUTOS**!

¡Ay! **¡POBRE MAX!** Casi lo aplasto cuando recupero mi tamaño. Menos mal que es muy listo y en cuanto ha notado que estaba creciendo sobre su lomo, me ha sacudido como si fuese una garrapata asquerosa.

Creo que Max ha visto muchas cosas en sus paseos por el vecindario, pero **SEGURO** que no se imaginaba ver a sus humanos favoritos encoger... ¡y **CRECER**!

—**¿MIAU?** —maúlla bajito. Me imagino que en el idioma gatuno significa: «¿¡Qué me habéis echado en la lata de atún, locos!?».

—No, Max, no son alucinaciones, esto está ocurriendo de verdad —le digo mientras empieza a lamerme los dedos, como hace cuando quiere mimitos.

Max es el gato más mono que he visto nunca. Mono en el sentido de bonito, claro. Porque no va a ser un gato-mono, ¡eso sería rarísimo! Como mucho podría ser un gato-araña, ¿lo pilláis? ¡ES GATO Y ARAÑA! ¡Ja, ja, ja!

—Pero, chicos... no acabo de entender cómo funciona el anillo... —confieso mientras pienso en lo que acaba de suceder.

—Una cosa está **CLARÍSIMA**: este anillo tiene poderes, como la cámara —dice Mateo, que parece que ya ha recuperado su **SUPERPODER SABELOTODO**.

—Sí, eso ya lo hemos visto. —Daniela le saca la lengua—. Pero no sabemos cómo funciona. Cuando me lo he puesto yo, podía dar órdenes. Cuando se lo ha puesto Hugo, podía mover objetos y cuando te lo has puesto tú, te has hecho más pequeño. ¿El poder depende de quién se lo ponga?

—No lo creo. Vosotros también os habéis hecho más pequeños...

Es oír las palabras de Mateo y lo entiendo **TODO**.

—¡¡Hemos encogido al darte la mano!! —afirmo.

—**TIENES RAZÓN...** —dice Dani—. Parece que el poder se traspasa a otra persona si se coge la mano del que tiene el anillo.

—¡Creo que ya sé cómo funciona! —Ya estoy resolviendo el misterio, como el **CRACK** que soy—: El anillo tiene un poder u otro según quién se lo ponga. Como a Dani nunca le hacen caso, cuando se lo ha puesto podía dar órdenes; como Mateo se cree tan mayor, lo ha hecho pequeño; y yo, como soy **UN POCO** perezoso, me ha dado el poder de mover las cosas sin esfuerzo.

Sí, ya sé que soy **UN GENIO**. Pero Mateo no opina lo mismo:

—Eso es solo una **HIPÓTESIS** hasta que comprobemos que se cumple siempre —dice DonNoMeLoCreoPorqueNoEsIdeaMía.

—**¿¿HIPOQUÉ??** —pregunta Daniela.

—Daniela, lo que quiere decir Mateo con esas palabras raras es que deberíamos usarlo de nuevo para comprobar si realmente nos da a cada uno el poder que nos ha dado antes —le explico.

—Para comprobarlo, Hugo, ponte el anillo —dice Mateo—. Si es cierta tu teoría, tendrás de nuevo el poder de la **TELEQUINESIA** y podrás limpiar todo el slime.

No me puedo creer que pudiendo hacer **CUALQUIER COSA**, mi hermano piense en utilizar los poderes del anillo para recoger, limpiar y ordenar.

Pero tiene razón, lo mejor será comprobar si realmente funciona. poniéndomelo de nuevo. **¡BLINC!**

Luz verde MODO ON.

Miro fijamente el slime para moverlo, pero no se mueve. Nada. **NADA DE NADA.** Pero... cada vez lo veo más pequeño. ¿Está empequeñeciendo?

—**¡¡¡¡HUGO!!!!** —gritan al unísono mis hermanos—. **¡¡TE ESTÁS HACIENDO GIGANTE!!**

Miro alrededor y... ¡todo se ve más pequeño! Veo a mis hermanos como si fuesen figuritas de Playmobil. ¡¡Esto es **SUPERAMAZING**!! Pero... ¡tengo que parar de crecer en algún momento! A este paso voy a destrozar la casa. Mi cabeza casi está llegando al techo y mis piernas se alargan tanto que tiro los libros y juguetes de la estantería con la punta del zapato.

Mateo y Daniela casi no tienen sitio donde esconderse y huyen despavoridos a un rincón. ¡Y Max se ha subido a la lámpara y tiene los pelos de punta!

Oh, oh. **FAIL.** Yo quería ordenar el sótano y lo estoy dejando como si hubiese pasado el **HURACÁN** Katrina.

¡Mami me va a castigar durante semanas! No, semanas no, ¡siglos! Ya me veo sin chuches hasta la universidad, sin Play hasta que me case, ¡y sin móvil hasta que me jubile!

Pero bien pensado... Tampoco está tan mal. **¡SOY ENORME!** ¡Dejaré de ser el mediano de los Crazy Haacks! ¡Por fin! ¡Mateo ya no podrá echarme sus broncas de Don Responsable! **¿PUEDE HABER UN PODER MEJOR?**

Mateo me mira y pone la misma cara que puso cuando Miss Parkinson le entregó por error un examen **SUSPENDIDO** que no era el suyo. Tengo que aprovecharme de mi tamaño. ¡Es el momento de la venganza!

—¿QUIÉN ES EL MAYOR AHORA, MATE?

—Hugo, esto no tiene gracia. **¡DETÉN LA TRANSFORMACIÓN!**

Creo que alguien está celoso porque soy más grande que él. ¡Mateo ya es más alto que mi madre y casi casi igual que mi padre! Creo que no se esperaba que lo adelantase gracias al anillo.

—¡Mate, páralo! —ruega Daniela, que intenta trepar por mi tobillo como si fuese un koala—. ¡Se va a hacer daño!

—Solo quiero disfrutar un poco —insisto. Pero de pronto mi cabeza se estrella contra el techo.

Tengo que parar esto antes de que me parta algún hueso. Por una vez, y sin que sirva de precedente, creo que mis hermanos tienen razón. **¡HORA DE QUITARSE EL ANILLO!**

Lo llevo puesto en el dedo meñique de la mano izquierda. Tiro de él con los dedos de mi mano derecha pero... **¡NO PUEDO SACARLO!** ¡He crecido tanto que se ha quedado **ATASCADO**!

—¡¡Chicos, ayudadme!! **¡¡NO ME PUEDO QUITAR EL ANILLO!!**

—¡Tengo una idea! Vi un tutorial de YouTube para quitar anillos atascados —explica Daniela, demostrando que es la viciada de YouTube de la casa—. Necesitamos jabón, un poco de agua...

—Dani, coge el jabón que utilizamos para hacer el slime antes de que Hugo rompa las paredes... ¡¡o su cuello!! —dice Mateo.

Daniela corre hacia la mesa, o al menos lo intenta. Trepa por mi pie, se desliza por el empeine como si fuera un tobogán, pasa por debajo de mi otra pierna y llega al jabón que sobró al hacer slime. Coge el bote y viene de nuevo corriendo.

Coloco mi mano sobre el suelo para que pueda echar el jabón sobre mi dedo, tapando el anillo. La luz amarilla hace rato que se ha encendido. Cinco minutos más y esto acabará muy mal. Giro el anillo hacia un lado y hacia el otro... ¡y por fin sale!

Rápidamente, comienzo a menguar hasta llegar a mi tamaño. Vuelvo a ser el mediano de siempre.

¡QUÉ ROLLO!

Nos miramos los tres en silencio.

Todos tenemos la misma pregunta en la boca: **¿¿QUÉ HA PASADO??**

—Chicooos, ¿¿seguimos grabando?? Ya he terminado mi llamada. Bajo en un periquete. —Mami, como siempre, interviene en el momento menos oportuno. ¡¡Es un radar humano!!

HORA DE DISIMULAR. Y DE IMPEDIR QUE BAJE Y VEA CÓMO HEMOS DEJADO EL SÓTANO.

—Mami, no hace falta que bajes, estamos muy cansados para grabar. —No sé si he sonado convincente, pero lo he intentado. No puede ver esto **BAJO NINGÚN CONCEPTO**.

—¿¿¿Cansados de hacer slime??? Hum... **¡QUÉ RARO...!**

—¡Es que tenemos **HAMBRE**! —grita Daniela para que Mami la oiga. Ella sí que suena convincente—. ¿Podemos subir a cenar ahora? **¡¡TÚ NO HACE FALTA QUE BAJES!!**

—Vaaaleee, pues guardadlo todo, apagad la cámara y subid a cenar.

Oh, oh...

¡¡¡LA CÁMARA!!!

—**¿¡SE HABRÁ GRABADO TODO!?**

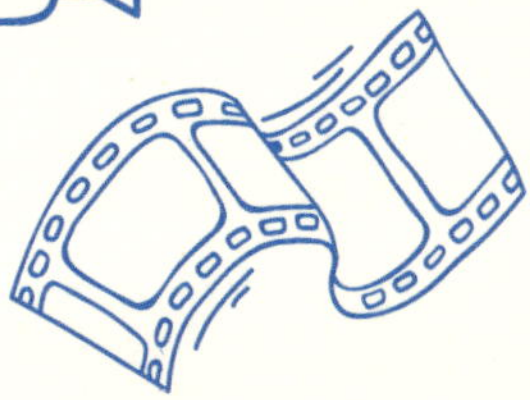

—gritamos al unísono.

—Mate, ¿qué hacemos? —pregunto. **VALE**, reconozco que cuando no sé qué hacer le pregunto a Mateo. Como hermano mayor, siempre tiene soluciones **PARA TODO**.

—Nada, ir a cenar y olvidarnos del anillo —dice en tono autoritario, borrando el archivo recién grabado—. Mejor no dejar pruebas. Ya os dije que nos traería **PROBLEMAS**.

—Sí, hemos destrozado la habitación y Max casi nos come... —dice Daniela.

—¡A Mateo le habría escupido! ¡Ja, ja, ja!

—¡Qué gracioso, Hugo! Dame el anillo —me dice Mateo arrebatándomelo y limpiando los restos de jabón que cubrían las piedras—. Está claro que tu **HIPÓTESIS** no se ha cumplido. Seguimos sin saber cómo funciona el anillo. Solo sabemos que tiene varios poderes, pero NADA MÁS.

—Sí que sabemos más cosas: los poderes duran aproximadamente quince minutos. El anillo se activa cuando se enciende la luz verde; a los cinco minutos se enciende la luz amarilla; a los diez minutos, la roja, y en cinco más se apaga y paran los efectos del anillo —dice Daniela.

WHAT? Creo que alguien ha estado cronometrando la duración de los poderes a escondidas. Creo que Daniela sigue los pasos de Mateo, se convertirá en una superlistilla. Para no ser menos, yo añado:

—También sabemos que si se coge la mano del que lleva el anillo se traspasa el poder, y se puede hacer una cadena humana si alguien más se une.

—¡Es el poder **PERFECTO**! ¡Hermanos **FOREVER**, unidos hasta el infinito y **MÁS ALLÁ**! —dice Dani, emocionada.

—**¡A CENAAAAAAAR!** —Mami grita desde arriba.

—Dejemos todo esto como está, que Mami no va a bajar ahora, y por la noche lo ordenamos todo para que no se entere de este desastre.

—Mate, ¿puedo guardar yo el anillo? —pregunta Daniela poniendo su cara de conseguir cosas imposibles: vuelve a un lado la cabeza, pone morritos y mira hacia arriba con carita de pena abriendo mucho los ojos y pestañeando muchas veces.

—Ni hablar —dice Mateo—. Mira lo que pasó en la escuela.

—Porfiporfiporfiporfiporfi-
porfiporfiporfiporfipor-
fiporfiporfiporfiporfi-
porfiporfiporfiporfipor-
fiporfiporfiporfiporfi-
porfiporfiporfiporfipor-
fiporfiporfiporfiporfi-
porfiporfiporfiporfipor-
fiporfiporfiporfiporfi-
porfiporfiporfiporfipor-
fiporfiporfiporfiporfi-
porfiporfiporfiporfiporfi.

Daniela tiene el récord mundial de «porfis». El año pasado consiguió que Papi la llevase a hombros por todo el paseo marítimo solo por no oírla decir «**PORFI PLEASE**» una vez más. ¡Con lo que pesa! Ya tiene nueve años y no es ligerita que digamos...

—Ya, pero... ¡te prometo que no me lo voy a poner!

—Vaaale, pero ten cuidado, ¿eh?

No sé por qué, pero Daniela siempre consigue lo que quiere. **SIEMPRE. TODO.**

Los hermanos mayores consiguen cosas porque son los mayores y responsables, y los pequeños porque son pequeños y adorables. ¿Y qué pasa con los medianos? **¡QUÉ INJUSTO!**

CAPÍTULO 10

RALUNA

Corro tan rápido a la mesa que lo que queda de mí en la puerta es **UNA NUBE DE POLVO QUE TIENE MI FORMA**. Solo hay una cosa que me guste más que una hamburguesa, y ese algo es una pizza.

Algún día llevaré a cabo mi gran idea para hacerme ultramegamillonario fusionándolas y creando la PIZZURGUESA. Se hará famosa en todo el planeta, enseñaré a todo el mundo a prepararla en un vídeo que será viral y me darán una de esas **ESTRELLAS CON MICHELINES**.

Pero ahora, a hincarle el diente a esta sabrosa hamburguesa...

—Mami, ¡¡mi hamburguesa es enana!! —me quejo, al ver que es una hamburguesa en miniatura.

—Ya, cariño, es que no había más carne, pero os he puesto verduritas al lado para complementar la cena. Que no quede ni una, ¿eh?

Es verdad. Hay unas cosas verdes al lado de mi minihamburguesa, pero mis ojos no quieren ni mirarlas. Y mi boca no quiere ni probarlas. ¡Ecs!

—Venga, cenad y luego vemos una peli juntos, ¿vale? Voy a mi habitación para leerme esta propuesta.

Mami se va escaleras arriba con un taco de folios escritos por ambos lados. ¡Nunca para de hacer cosas! A veces pienso que, en vez de cerebro, tiene un **MEGAPROCESADOR ESPACIAL**. Es **IMPOSIBLE** que sea humana de verdad. O al menos humana como yo. A ver si en realidad va a ser un invento de Klaus...

Pero vaya, muy lista y muy todo pero vaya M... de cena que nos ha hecho. Con el hambre que tengo... Miro a mis hermanos y tienen la misma cara de asquete y decepción que yo mirando las verduras y analizando el tamaño de su hamburguesa.

—¡Tengo un plan! —anuncio con una sonrisa triunfal. De nuevo, **LA SUPERIDEA** se me ha ocurrido a mí. Esta sí que le va a encantar a mi hermano.

Llamadme **HUGO GENIOUS HAACK**.

—A ver, ¡sorpréndenos! —me desafía Mateo con esa cara suya de superioridad.

—Se me ha ocurrido que, si usamos el poder agigantador del anillo, podríamos hacer que las hamburguesas se conviertan... ¡en **HAMBURGUESAS GIGANTES**!

Solo de pensarlo, la boca se me hace agua.

—Pero, Hugo, ¡no sabemos cómo elegir el poder adecuado! Ni siquiera sabemos si podemos elegir el poder, el anillo no tiene botones ni instrucciones...

—Dani tiene razón. El anillo no ha funcionado como pensábamos, lo has usado dos veces y cada vez te ha dado un poder diferente. ¿Cómo vas a conseguir que te dé el poder de crecer? —pregunta Mateo.

—Si no lo probamos, a lo mejor nos estamos perdiendo la hamburguesa más **ÉPICA** de la historia.

—**TIENES RAZÓN**... por probarlo **¡NO PERDEMOS**

NADA! —exclama Daniela. Y ya está poniendo su carita de hermana pequeña de conseguir cosas mientras mira a Mateo—. Mate, si no funciona como queremos, nos lo quitamos y ya está. «Me lo quito», quiero decir, porque **AHORA ME TOCA PROBARLO A MÍ**.

—De eso nada, Daniela, **¡ES PELIGROSO!**

—¡No, Mateo! **¡AHORA ES MI TURNO!** Me pondré el anillo, cogeré las hamburguesas y ellas crecerán conmigo. Entonces las cogéis, y yo me quito el anillo para encoger otra vez y ya está. **¡ES FACILÍSIMO!** Además, aquí mismo hay jabón por si se me queda atascado. Esto es «pan comido», nunca mejor dicho.

—No sé, Daniela... Vamos a pensarlo bien, no vaya a ser que...

Antes de que Mateo termine la frase, **DANIELA COGE SU HAMBURGUESA Y SE PONE EL ANILLO**.

Luz verde.

¡Plan en marcha! Ya me estoy imaginando **LA SUPERHAMBURGUESA**. Más grande incluso que esas que salen en los vídeos de retos de comer comida gigante, más grande incluso que...

—Hugo, ¡pásame el kétchup! —grita Daniela ilusionada— que si la hamburguesa crece y el kétchup no, ¡tendremos un **PROBLEMA** de los serios!

Tiene razón, mejor que el kétchup crezca con ellas (me refiero a mi hermana y su hamburguesa).

Oh-oh... no pasa absolutamente nada. **NADA DE NADA DE NOTHING.** Y con «nada-de-nada-de-nothing» quiero decir que ni Daniela se está haciendo gigante ni yo le estoy pasando el kétchup.

—Chicos, no estoy creciendo... Creo que el anillo se ha roto —dice Daniela.

Mateo y yo estamos inmóviles. Parecemos estatuas y encima a mí se me ha quedado la supercara de empanado. Creo que se me está cayendo la babilla, pero no puedo volverme a mirar a Mateo, que seguro que está igual o peor porque **¡NO ME PUEDO MOVER!**

—Chicos, ¡vaya careto se os ha quedado! Tampoco es para tanto... Pensándolo bien, si el anillo se ha roto, un **PROBLEMA** menos. Mejor que nos comamos la hamburguesa, ¡aunque sea pequeña!

Opino lo mismo que mi hermana: mejor comer eso que nada. Pero, aunque quiera comer la hamburguesa, no puedo moverme hacia ella. Intento mover la mano, pero **NADA**. ¡¡Y encima Daniela se está relamiendo delante de mis ojos!!

De repente, Dani deja de comer y nos mira intrigada:

—¿No tenéis hambre? **¿QUÉ PASA?**

Silencio absoluto. ¡¡No puedo contestarle, estoy petrificado!! ¿Acaso no se da cuenta?

—¡Mateo, Hugo! ¿Estáis bien? —dice mi hermana, agitando su mano delante de nuestras narices—. Pero ¿qué os pasa? ¿No os podéis mover?

Claro que no, Daniela. ¡¡No nos podemos mover!! ¡¡Tienes que ayudarnos!!

Pienso que se dará cuenta de lo que estoy pensando y nos ayudará, pero no lo hace. Pasa algo peor. **MUCHO PEOR.** A Daniela empiezan a brillarle los ojos y aparece su sonrisa malvada. Se acerca a mí y, lentamente, coge mi hamburguesa y empieza a comérsela sin que yo pueda hacer **ABSOLUTAMENTE NADA**. Da mordisquitos alrededor de todo el panecillo, cerrando los ojos de vez en cuando para saborear mejor y sonriendo de satisfacción.

Cuando termina la mía, coge la de Mateo.

¡¡Esto es indignante!! **¡¡Y NI SIQUIERA PODEMOS QUEJARNOS!!**

Cuando creo que la rabia va a vencer los poderes del anillo, veo que se enciende la luz amarilla. **¡¡YA QUEDA MENOS TIEMPO!!**

Eso significa que el tiempo se está agotando. Y cuando se termine el poder del anillo, se va a enterar.

Mientras pienso en mi venganza, Dani le pasa a Mateo su hamburguesa por delante de las narices para que la huela bien, y luego la mordisquea lentamente sin que él pueda hacer nada.

¡¡QUE SE ACABE ESTA TORTURA...!!

¡¡BINGO!! **LUZ ROJA.** El tiempo se está agotando.

—Ay, estoy muy llena... Creo que no me entran las verduras. Mejor las reparto entre vuestros platos, que os habréis quedado con hambre... Y ahora, voy a tumbarme en el sofá, que ya he terminado mi cena —dice cuando, por fin, se apaga la luz del anillo y este pierde sus efectos.

Noto que finalmente puedo mover los dedos, las manos, las piernas... Mateo y yo nos miramos. **DANIELA** nos las va a pagar. Ahora que podemos movernos **POR FIN**, nos levantamos de nuestras sillas para ir a por ella cuando...

—¿HABÉIS TERMINADO YA? ¿VEMOS LA PELI, CHICOS?

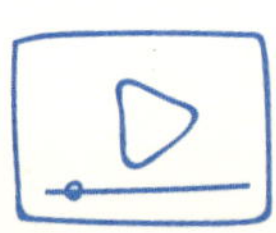

Oh, no. Mami.

Justo ahora que nos íbamos a vengar borrándole unos cuantos musical.lys. Y eso no es lo peor. Cuando Mami se acerca a la mesa y ve los platos, empieza a regañarnos:

—¡Lo que me temía! Os zampáis las hamburguesas y las verduras, muertas de la risa en el plato, ¿no? **¿DÓNDE CREÉIS QUE VAIS?**

—Eeeh, pero, Mami, es que… —balbucea Mateo.

—**NI ES-QUE NI ES-CA.** Mirad a vuestra **HERMANA**, ¡ha dejado el plato reluciente! Terminad ahora mismo las verduras y a la cama, castigados sin ver la peli. ¡Ya estoy harta! No podéis comer solo lo que os gusta, ¿cuántas veces os lo he dicho?

La vida en ocasiones es **TAAAAAAN INJUSTA** que querría desaparecer. Volverme **INVISIBLE** para hacer lo que quiera. Como ahora. Además de quedarme sin hamburguesa, ¡¡tengo que comer ración doble de verduras!!

DANIELA, ESTA ME LA VAS A PAGAR.

—Hugo, tenemos que resolver **EL MISTERIO DEL ANILLO** cuanto antes. Tiene que haber algo que se nos escapa —me susurra Mateo para que no nos oigan ni Mami ni Daniela—; convoco **REUNIÓN SUPERSECRETA DE HERMANOS**.

—Bueno, **SEMIRREUNIÓN**, dirás, porque yo a Daniela no la pienso avisar.

—**BUENO, EN REALIDAD NOS LO MERECÍAMOS.** Yo le hice comer comida de gato y tú le hiciste una cama a Charlie con su camiseta favorita. Nos la ha devuelto bien devuelta, la enana.

—Sí, tienes razón, pero... ¡Yo me he quedado sin hamburguesa! ¡¡Eso es mucho peor!!

—No hay discusión —dice, volviendo a ser el hermano mayor superresponsable—. **RSH A LAS 3AM EN EL SÓTANO.** Ya despertaré yo a Daniela. Lo ordenamos todo y **RESOLVEMOS EL MISTERIO DEL ANILLO DE UNA VEZ POR TODAS.**

CAPÍTULO 11

RAGLUP

Me meto en la cama pensando en la **RSH**. La cama de mi hermana está vacía porque, **CLARO**, está viendo la peli con Mami. Eso es **INJUSTO**. Y también es **INJUSTO** que tenga que dormir con mi hermana. Dormimos juntos. ¿Veis? Mi hermano mayor tiene una habitación para él solo porque es el mayor. Y yo no porque soy el mediano. **INJUSTICIA TOTAL.**

ODIO SER EL MEDIANO. Todos los hermanos mayores tienen razón, y todos los hermanos pequeños son intocables. Y los del medio, ¿qué? ¿Cuándo se ha visto a los **HERMANOS MEDIANOS** ser los protagonistas de algo? Somos el relleno del sándwich, el no hay dos sin tres, ni suficientemente mayor ni suficientemente pequeño... **¡QUÉ INJUSTO!**

Pero los hermanos medianos también somos **LOS MÁS LISTOS**. Cojo el móvil y pongo la alarma a las 2AM, y no a las 3AM como he quedado con Mateo.

TENGO OTRO PLAN. Un plan de hermano mediano que quiere demostrar que es el mejor hermano. El más bueno, el más generoso, el más **COOL... THE BEST!**

Pero primero toca coger fuerzas para demostrarlo.

ZZZZZ

¡BIP, BIP, BIP, BIP! ¡2AM!

Apago rápidamente la alarma para que mi hermana no se despierte. La miro y... pero ¿cómo se va a despertar? ¡Mirad como ronca!!

–JRRR...

Sus ronquidos hacen temblar hasta el cabecero de su cama. Si Kevin, el chico que le gusta, lo supiera, Dani se moriría de vergüenza... Quizá debería grabarlo y enseñárselo a Kevin como venganza por lo que ha hecho con las hamburguesas, que son **LA RAZÓN DE MI EXISTENCIA**.

Pero no hay tiempo. Ahora lo importante es **QUITARLE EL ANILLO**. Es fácil porque lo tiene en el puño de su mano que, al estar dormida, puedo abrir sin ninguna dificultad.

Los párpados me pesan. Ha sido un día muy largo pero no puedo quedarme dormido. Por suerte, me ayudan los ronquidos de Daniela, que a estas alturas parecen los rugidos de un león hambriento.

Me pongo de pie dispuesto a seguir mi plan **TOP SECRET**.

Soy un genio muuuy subestimado.

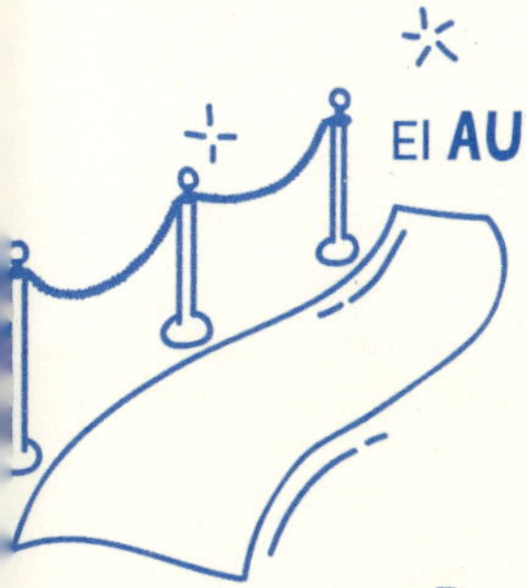

El **AUTÉNTICO CEREBRO HAACK** está aquí.

HUGO, THE CRAZY CRACK!

HUGO IS IN DA HOUSE!!

HUGO FOR PRESIDENT!!

Bueno, bueno, paro ya, que me desconcentro. Todo eso ya me lo dirán Mateo y Daniela cuando descubran que yo solito he RECOGIDO TODO EL SÓTANO.

Sí, ese es mi plan: **RECOGER TODO YO SOLO**. Luego os explico.

Sin hacer naaada de ruido, salgo de la cama y salgo descalzo de la habitación. Me aguanto las ganas de hacer pipí (¡no puedo hacer ruido al tirar de la cadena!) y me dispongo a salir de puntillas cuando...

—**¡MIAAAUAUAU!** —protesta Charlie.

¡Le he pisado la cola en la oscuridad!

—**¡LO SIENTO!** —me disculpo muy bajito.

Charlie me sigue en mi camino hacia el sótano mientras Max duerme tan pancho en el sofá del salón. ¡En la próxima vida quiero ser un gato para dormir todo lo que quiera y hacer todo lo que me apetezca!

Cuando veo el sótano, doy gracias a que Mami no lo haya visto. ¡¡Está hecho un desastre!! Hay slime por la mesa y el suelo, las cajas que envolvían el anillo están tiradas por medio, y todo está revuelto de cuando me hice gigante.

Es hora de poner en marcha mi
SUPERPLÁN SECRETO.

Voy a ordenarlo todo antes de que bajen. **SÍ, EXACTO.** Me darán las gracias tantas veces que gastarán la palabra y ya no la podrán decir nunca más. Y lo mejor de todo es que se darán cuenta de que soy el mejor hermano del mundo.

Pero mi **SUPERPLÁN SECRETO** es más elaborado: no lo voy a recoger todo yo solito, sino que lo voy a hacer con la ayuda del anillo. Si algo he aprendido en Maths, es que todo lo que puede ocurrir, ocurre en algún momento gracias a la probabilidad.

Así que puedo ir probando suerte con el anillo hasta que tenga el poder de la telequinesia. Cuando lo consiga, ¡lo ordenaré todo en un segundo! **¡Y SIN MOVERME DEL SOFÁ DEL SÓTANO!**

Saco el anillo de mi bolsillo y lo examino antes de ponérmelo. ¡¡No me había fijado en que era ajustable!! ¡Igual que el cinturón de mi abuelo después de la comida de Navidad!

TIENE SENTIDO, porque a Daniela, que tiene los deditos pequeños, le quedaba perfecto; y a mí también... ¡Eso significa que se puede poner **EN CUALQUIER DEDO**!

Para variar de dedo, me lo pongo en el pulgar de la mano izquierda, ya que nunca me lo he puesto ahí. **LUZ VERDE.** Ya está funcionando. Me concentro y...

NADA.
CERO.

No se mueve ni una mosca y los libros no vuelven solos a la estantería.

Me siento en el sofá para intentarlo de nuevo. Creo que es por el sueño que tengo, pero **ME FALTAN FUERZAS**.

Intento concentrarme, pero los párpados me pesan tanto que casi no puedo abrirlos. Las piernas me flaquean, mi cuerpo pesa e incluso el anillo, que antes me parecía tan ligero, ahora me da la sensación de que pesa como un **RINOCERONTE**.

ESTO NO ES NORMAL. Algo pasa y me temo que es el poder del anillo. Me lo quitaré para recuperar fuerzas. Luego volveré a probar hasta que encuentre el poder de la telequinesia.

Voy a quitármelo pero no puedo.

OH, OH.

Me cuesta tanto mover la mano derecha para quitarme el anillo de la izquierda que parece que voy a cámara lenta. Definitivamente, **ESTO NO ES NADA NORMAL**.

Ni siquiera puedo mover el anillo. Es demasiado pesado para mí y **NO TENGO FUERZA**. Mis párpados ya no pueden más y caen de golpe como dos persianas. Yo me desplomo en el sofá.

NO ESTOY DORMIDO, pero mi cuerpo me pesa tanto que no puedo moverme. Solo queda esperar que pasen diez minutos más para que el poder del anillo termine.

SOLO QUEDA ESPERAR, Y ESPERAR, Y ESPERAR...
ZZZZZZZZZZZ

De repente, oigo una voz que me despierta:

–¿YA ESTÁS AQUÍ, HUGO?

CAPÍTULO 12

DIEZ DEDOS

Pero... ¿qué ha pasado? Mis hermanos me están mirando esperando una respuesta.

¡TENGO QUE DISIMULAR!

—Esto... sí, acabo de bajar.

—Pues parecías dormido.

—¡Qué vaaa! Solo estaba descansando hasta que llegarais, nada más.

—¿Y por qué tienes puesto MI ANILLO?

Daniela pega un salto más alto que una pelota de goma. Viene hacia mí prácticamente botando, **BOING BOING**, ¡y me quita el anillo!

—**HUGO, ¿¿LO HAS USADO??**

—Nooo, ¡¡qué va!! Lo que ha pasado es que no sabía dónde ponerlo, y me lo he puesto **EN EL DEDO**.

OH, NO. LO ACABO DE RECONOCER.

Un defecto de fabricación de los hermanos medianos es que **NO SABEMOS MENTIR**.

—Hugo, **¿QUÉ PODER TE HA DADO?** ¡¡¡Cuenta, cuenta, cuenta, cuenta!!! —dice Daniela dando saltitos.

—Sí, cuéntanoslo, pero mientras recogemos estas cajas. Como Mami vea este desastre, ni el anillo nos va a salvar de su castigo... —apunta Mateo.

—En realidad, no sé qué poder me ha dado porque me he quedado dormido. Me empecé a sentir **MUUUUUUY DÉBIL** y me desplomé sobre el sofá. Lo siguiente que recuerdo es que habéis llegado vosotros.

—Este debe de ser otro poder diferente: **PERDER FUERZA** —dice Mateo poniendo su cara de **ESPECIALISTA EN PENSAR**.

—Tiene sentido —digo, pensando como si fuese un hermano mayor, y añado—: Y antes de quedarme dormido, me he dado cuenta de que el anillo es ajustable, y se puede poner en cualquier dedo de la mano, desde el pulgar hasta el meñique.

—¿¿En cualquier dedo?? —pregunta Dani.

—**¡¡ESA ES LA RESPUESTA!!** —grita eufórico Mateo—. Si el anillo se adapta a cada dedo… puede que tenga un poder para cada uno: para el índice, para el pulgar, para el corazón…

—¿Te puedes poner un anillo en el **CORAZÓN**? —interrumpo, mientras me entran sudores fríos solo de pensarlo—. ¡No quiero que me abráis el pecho en canal para ponérmelo!

—Para **EL DEDO CORAZÓN**, Hugo. —Mateo suelta un resoplido, como cada vez que le ponemos al límite. Parece que ser hermano mayor sea un trabajo a jornada completa.

—Era una broma, vaya sentido del humor —digo para salir del paso.

—Daniela, ¿en qué dedo te lo pusiste tú, cuando nos dabas órdenes en el cole?

—En el índice. Me acuerdo porque nunca me había puesto un anillo ahí y quedaba **MUY MONO**.

Está claro: Klaus no ha hecho un anillo adaptable para elegir en qué dedo te queda mejor o más mono… Justamente el índice es el dedo de indicar y dar órdenes, así que el poder que te da el anillo si te lo pones en ese dedo es que ¡todos te obedezcan!

Mateo tiene razón. Ahora todo tiene sentido.

—Mate, ¿en qué dedo lo llevabas cuando te hiciste pequeño? —pregunta Daniela.

—En el meñique, ¡¡el dedo más pequeño de todos!!

—Pero, Mateo, cuando yo me hice gigante también lo llevaba en el meñique —digo—. Y no me hice pequeño, sino lo contrario. Veo que tu **HIPÓTESIS** no se cumple del todo...

—Seguro que hay una explicación. Daniela, cuando nos quedamos paralizados... ¿en qué dedo llevabas el anillo? —pregunta Mateo.

—¡¡¡Yo lo sé!!! —Me fijé muy bien porque no dejaba de mirar sus manos regordetas sujetando **MI** hamburguesa mientras se la comía—. ¡Lo llevaba en el anular!

—Sí, pero... tú también, Hugo, lo llevabas en el anular cuando movías las cosas con telequinesia, ¿no?

—Es verdad, no tiene sentido... en el mismo dedo tiene poderes diferentes. Vamos a hacer un repaso.

Mateo coge una hoja de papel y apunta :

- MEÑIQUE: Te haces pequeño o te haces grande
- ANULAR: Mueves cosas o las paralizas
- CORAZÓN: No tenemos datos
- ÍNDICE: Puedes dar órdenes
- PULGAR: Te quedas sin fuerzas

Nos quedamos los tres pensando mientras miramos la hoja de papel con las notas.

¡¡LO TENGO!! HUGOGENIOUSHAACK IS BACK!

—Chicos, ¿os habéis fijado en que los dos poderes que corresponden al mismo dedo parecen opuestos? Pequeño/grande; mover/paralizar... ¿¿Qué os apostáis a que el contrario a que todo el mundo haga lo que quieres es que nadie te haga caso??

Mateo me mira muy serio.

—TIENES RAZÓN.

WHAAAT???

¿¿¿MATEO ME HA DICHO QUE TENGO RAZÓN???

¡¡HERMANOS MEDIANOS AL PODER!!

—Pero aún no sabemos por qué en el mismo dedo tiene poderes diferentes.

Jolín, qué poco me ha durado la alegría. De nuevo tiene razón él. No sabemos por qué en el mismo dedo tiene dos poderes tan diferentes ni cómo elegir uno u otro.

—Sí, además, ¿no son muchos poderes para cinco dedos? —comento.

—**¡¡ERES UN GENIO, HUGO!!** —grita Mateo tras un breve silencio.

—Hum, sí, claro, pero ¿por qué exactamente?

—No funciona solo en una mano, **¡FUNCIONA EN LAS DOS!** ¡Y en cada uno de los diez dedos de las manos hay poderes diferentes!

Todo cuadra. ¡Eso casi se me ocurre a mí! En los dedos de la mano derecha hay cinco poderes y en la izquierda ¡los cinco contrarios! ¡¡No es justo que Mateo lo haya descubierto antes!! Él es mayor que yo y tiene las neuronas más entrenadas.

—Chicos —digo, mirando el papel—. Aún nos queda descubrir los dos poderes del dedo corazón, uno del pulgar y comprobar que el otro poder del dedo índice es el de que te ignoren.

—Esperad, una cosa... —apunta Daniela pensativa mirando al techo—. **¿CÓMO SABES QUÉ PODER TE DA CADA DEDO?** Es decir, si me quiero hacer pequeña, ¿me pongo el anillo en el meñique izquierdo o en el derecho? Si quiero mover cosas, ¿en el anular derecho o en el izquierdo? ¿Qué pasa si Aitite, nuestro abuelo, solo tiene tres dedos en una mano? ¿Funciona el anillo con guantes? **¿ES SUMERGIBLE?**

—¡Para, Daniela!, habías dicho «una cosa», **¡Y HAS HECHO QUINIENTAS PREGUNTAS!** Vamos por partes... —dice Mateo.

Dani tiene razón. Este anillo tiene **DEMASIADAS** cosas que aún son un misterio. ¡¡Esta vez Klaus se ha pasado de complicado!! Podría habernos dado el anillo con **INSTRUCCIONES**, ¿no?

Aun así, hay que reconocer que este anillo es más TOP de lo que jamás hubiese imaginado. **¡¡EL ANILLO CONTIENE DIEZ PODERES!! ¡¡PODRÍAMOS SER SUPERHÉROES GRACIAS A ÉL!!**

Me estoy imaginando todo lo que podríamos hacer juntos con el anillo, cuando de repente...

—¿¿¿¿¿¿CHICOOOSSS??????

Max sale corriendo al ver a Mami enfadada entrando por la puerta. Y yo he estado a punto de hacer lo mismo si no fuera porque me he quedado paralizado. **TOTALMENTE. PILLADOS.**

—¿¿QUÉ DEMONIOS ESTÁIS HACIENDO AQUÍ A ESTAS HORAS?? ¡¡¡¿Y QUÉ ES TODO ESTE DESORDEN?!!!

Pero Mateo hace lo que a mí no se me habría ocurrido en cien años. Se pone el anillo en el dedo índice y le ordena a Mami:

—VUELVE A LA CAMA AHORA MISMO Y OLVIDA LO QUE HAS VISTO.

Atónitos, vemos cómo Mami se da media vuelta y se va por donde ha venido sin rechistar. ¡Estamos flipando en más colores que el ***CANDY CRUSH***!

Grandioso. ¡¡Mami hace lo que le ordenamos!!

—Y vosotros recoged todo esto ahora mismo —añade Mateo.

OH, NO. Mateo es incluso más listo de lo que parece.

Sin poderlo evitar, me pongo a apilar cajas, limpiar el slime y colocar de nuevo todos los libros en la estantería. Menos mal que esto solo durará quince minutos.

—**¡Y AHORA, A LA CAMA!** —nos ordena Mateo, con la luz roja del anillo encendida.

Sin hacer ruido y en un plis, volvemos arriba, nos metemos en la cama y aunque tengo ganas de ponerme el anillo para darle órdenes a él, el cansancio puede conmigo y me quedo **KO**. No sin antes poner la alarma de mi móvil quince minutos antes de que me despierte Mami.

CAPÍTULO 13

GOOD MORNING VS. BAD MORNING

SUENA MI ALARMA.

La verdad es que cuando me interesa levantarme por algo que no sea ir al cole, no me cuesta nada de nada. ¿Y qué me interesa hoy?

¡Jugar una partida de Fortnite antes de que llegue Mami a despertarnos! Con el castigo sin móvil por lo de las verduras no he podido jugar y me estoy quedando atrás. ¡Mis amigos ya van por un nivel altísimo y no quiero que me ganen!

Empiezo la partida y... **GOOOOOOD**! ¡Estoy en racha! Esta partida es la mejor de la historia. ¡Todos eliminados! ¡Soy una máquina! Este juego es una pasada, eliges un lugar de la isla para caer en paracaídas y tienes que eliminar al resto de los habitantes. ¡Y ellos a ti, claro! Y lo peor es que la isla se hace cada vez más pequeña y, claro, cada vez hay menos sitios donde esconderse.

Ups, lo malo es que esta partida se está alargando más de lo normal y Mami va a llegar de un momento a otro a despertarnos. Es obvio que no me va a dejar seguir jugando y encima se va a enfadar por hacerlo a escondidas.

Ojalá pudiese jugar sin que ella me viese...

Espera un momento.

¡¡TENGO UNA IDEA!!

¿Que cuál es mi **IDEA GENIAL-FANTÁSTICA-SUPER-CLEVER-AND-SMART**?

¡Usar el anillo!

¿SOY UN GENIO O SOY UN GENIO?

Que no lo digo por presumir, ¿eh...?

Mateo guardó el anillo, así que voy a su habitación y me cuelo dentro.

Está durmiendo y... ¡¡lleva la gorra!! No me extraña que se la ponga de noche: durante el día todo el mundo le dice que se la quite: Mami, los profes...

Levanto un poco la sábana para ver si tiene el anillo ahí escondido y me doy cuenta de algo que no sabía. Algo que me mataría si lo dijese a alguien. Algo vergonzoso. Algo como que...

¡¡MATEO DUERME EN CALZONCILLOS!!

No puedo evitarlo: le hago una foto para inmortalizar el momento. ¡Juas! Esta me la guardo por si necesito alguna venganza de hermano mediano **¡MATERIAL CONFIDENCIAL!**

Pero... el anillo no está bajo la sábana. Con la linterna del móvil miro alrededor y **¡EUREKA!** Mateo ha dejado el anillo en la mesilla de noche. ¡Menos mal! Si lo llega a dejar debajo de la almohada, esto habría sido misión imposible.

Cuando estoy a punto de coger el anillo, tiro por descuido un marco con la foto de nuestra última quedada con subs. Veo cómo cae a cámara lenta hasta el suelo y cierro los ojos rezando para que Mateo no se despierte.

¡QUÉ TENSIÓN!

¡CLONC!, suena al golpear el suelo.

Mateo se da la vuelta y abre un ojo. Me mira de arriba abajo. Yo me quedo quieto como una estatua de **HIELO PETRIFICADO**. Bueno, eso a lo mejor no existe. Pero me quedo **MUY** quieto.

—**¡EL WIFI NOOO!** —grita angustiado.

¿Qué wifi? ¿¿Qué pasa??

—El wifi **NOOOOOO**, **¡POR FAVOR!** ¡No os lo llevéis a vuestro planeta! Adiós, canal, y adiós, suscriptores. **¡¡POR FAVOR!!** —grita Mateo.

No me lo puedo creer. **¡¡MATEO ESTÁ HABLANDO EN SUEÑOS!!** Y creo que en su pesadilla los aliens han venido a la Tierra a robarnos el wifi... ¡¡Vaya paranoia!!

Por suerte, Mate cierra el ojo y continúa con su sueño luchando contra alienígenas. Seguro que en su sueño lleva la gorra puesta. ¡Me he salvado por los pelos!

Vuelvo a mi habitación con el anillo y me fijo en que solo quedan cinco minutos para que llegue Mami. ¡Y yo necesito al menos quince minutos más!

Inicio el **PLAN «DESAPARICIÓN TOTAL»**: voy a ponerme el anillo en el dedo meñique para hacerme diminuto, y así podré seguir jugando sin que nadie me moleste.

THIS IS THE BEST PLAN EVER

Pero ¿en qué mano me lo tengo que poner? Debo ponérmelo en el dedo meñique, pero... ¿derecho o izquierdo? ¿Y si me equivoco y me hago gigante?

Bueno, en la vida hay que arriesgar. Jugárselo a cara o cruz. Lanzarse a la piscina. Así que cierro los ojos y lo hago: me lo pongo en el derecho.

¡FLUUUUP! **¡ESTOY ENCOGIENDO!** ¡Acerté!

Por supuesto, he cogido mi móvil para jugar en secreto debajo de la cama a mi videojuego favorito. Tengo quince minutos, ¡no necesito más para quedarme solo en la isla!

Enseguida me meto debajo de la cama, que ahora tiene el tamaño de un estadio de fútbol. Peeero, lo que veo me deja con la boca abierta...

BOLAS ENORMES DE PELUSAS VIENEN RODANDO HACIA MÍ. Parecen esas bolas gigantes del desierto del Lejano Oeste.

Las tengo que esquivar como sea, pero ¡corren más rápido que yo! ¡¡Me van a aplastar!! ¡Esto me recuerda a una peli que vi de Indiana Jones!

¡¡¡SOCORROOO!!!

Veo algo en un rincón, y trato de esconderme detrás. Pero ¿¿esto qué es?? Los colores me suenan... ¡Anda, pero si es un **CALCETÍN QUE PERDÍ HACE MESES**!

Las bolas gigantes pasan de largo. ¡Salvado por un calcetín!

NOTA: Seguir siendo desordenado sin que se entere Mami, ¡te puede salvar la vida!

VS. **HUGO 1 - MAMI 0**

Ahora que estoy a salvo... ¡sigamos con la partida! Jolín, la luz amarilla ya está encendida. ¡Qué pena haber perdido cinco minutos intentando sobrevivir en la vida real y no en la isla virtual! Aunque bien pensado, ha sido como jugar dentro de un videojuego...

—¡¡¡Venga, chicos!!! ¡¡Arriba!!

Mami ha llegado. El suelo tiembla con sus pasos. ¡Parece un terremoto!

—**HUGO, IT'S WAKE-UP TIME!** —susurra Daniela desde su cama.

Entonces se da cuenta de que no estoy.

—Mami, ¡¡Hugo no está!!

—¿¡Como que no está!? **¿¿¿HUGO??? ¿¿HUGO??**

Mami mira en el armario.

—Hugo, ¿dónde estás? —La noto preocupada, pero jamás puede enterarse de lo del anillo. Le diré que estaba en la ducha para que no me caiga una bronca.

—¿HUGO? ¡DEJA DE ESCONDERTE Y A LA DUCHA

Oh, oh.

Mami se pone de rodillas para mirar debajo de la cama. ¡El suelo tiembla! Me acurruco detrás del calcetín para que no me vea. ¡¡Voy a perder esta partida por su culpa!!

—¡HUGOOOOOOOO!

Un huracán gigante sale de su boca al pronunciar mi nombre y el calcetín vuela, arrastrándome con él y...

MUSIC

—**¡OUCH!** —Me estampo contra la pata de la cama. Mi boca queda justo pegada al calcetín sudado. ¡Arg!

Menos mal que no me ven ni me oyen porque mi **OUCH** para ellas ha sido el de un pitufo resfriado.

Se enciende la **LUZ ROJA** del anillo.

Mami se va hacia el baño para comprobar si estoy en la ducha. ¡Ya me queda poco para terminar la partida!

—**PERO ¿¿DÓNDE SE HA METIDO ESTE NIÑO??**

Daniela la acompaña por el resto de la casa mientras yo aprovecho para remontar. Solo me queda esquivar a estos dos aquí para ganar la partida cuando...

TIME IS OVER!!!
¡¡¡NOOOOOOOOO!!!

Empiezo a hacerme grande de nuevo, y ¡¡OUUUCCCHHH!! Mi cabeza golpea la parte de abajo de la cama. ¡Ya soy demasiado mayor para meterme aquí!

—¿¿Hugo??

Me han oído, Mami y Daniela vienen corriendo a la habitación. Salgo como puedo de debajo de la cama, y me meto bajo las sábanas.

—**¡¡HUGO!!** —Mami y Daniela me miran como si hubieran visto un fantasma.

—**¿¡EEEH!?** Humm... ¿Ya es la hora? Qué sueño... Dejadme dormir un ratito más...

—¿Cómo que te dejemos dormir un ratito más? Pero ¿dónde te habías metido?

—¿¿Eh?? No sé de qué me hablas, pero ¡si estaba aquí durmiendo!

Sin que Mami me vea, le guiño el ojo a Daniela y le enseño el anillo. Daniela abre los ojos y se tapa la boca como el mono de WhatsApp.

—¿Cómo que aquí durmiendo? Pero si no estabas en la cama y te hemos buscado por toda la casa, ¿verdad, Dani?

Daniela me mira y sé que me va a ayudar. Ese es su **SUPERPODER DE HERMANA PEQUEÑA**.

—Ah, pues no me he dado cuenta... como casi no había luz...

—Daniela, pero ¿qué dices? ¡Me has acompañado a buscarlo!

—No, Mami, yo pensaba que buscabas a Charlie...

—No sé qué jueguecito os traéis, pero vamos tarde. **¡A LA DUCHA!**

Justo cuando creo que nos hemos librado por los pelos, veo que Mami se queda parada.

—¡ESPERA! ¿QUÉ TIENES AHÍ?

Ups, Mami está mirando el anillo, que he olvidado quitarme del dedo.

—¿Esto? Ah, nada, un anillo que me ha regalado un amigo del cole.

—**¿UN ANILLO?** A ver, déjamelo, parece muy mono...

—¡Qué va, Mami! Es feo, ¿no lo ves? No es de oro ni nada —dice nerviosa Daniela.

—¿Y desde cuándo me ha gustado a mí el oro? **VENGA, ¡TRAE AQUÍ!**

Mami me arranca el anillo del dedo literalmente y... **¡SE LO LLEVA!**

¡OH, NO!

Esto pinta peor que mal.

Esto pinta **FATAL**.

CAPÍTULO 14

ECIDNÍ

Daniela y yo nos miramos aterrados sin saber qué hacer. Yo me quedo paralizado mirando a Mami salir de la habitación y Daniela empieza a vestirse tan nerviosa que se pone la falda del revés y no atina con los botones de la camisa.

HAY QUE PARAR ESTO COMO SEA.

Y, encima, es **SUPERLATE**. Me ducho en tres minutos (hoy no hay tiempo para siestas bajo el agua) y me visto a toda prisa. Tenemos que impedir que Mami se ponga el anillo. Pueden ocurrir muchas desgracias. **DEMASIADAS.**

Por si fuera poco, nuestras aventuras en el sótano nos están pasando factura. Además de las ojeras, mientras desayunamos Mateo pone sal en vez de azúcar en su yogur, yo me echo macarrones en vez de cereales en el tazón y Daniela unta mantequilla sobre una loncha de jamón en vez de sobre una tostada.

Creo que alguien necesita una **SIESTA**. Y mi madre también lo cree. Nos mira fijamente y noto que sospecha. Y mucho. No es normal que los **TRES CRAZY HAACKS** estemos más dormidos que una familia de osos perezosos.

—Estáis muy **RAROS** —dice con los brazos en jarra—. Antes no encontraba a Hugo y ahora os encuentro fritos como si no hubieseis pegado ojo en toda la noche. ¿Alguien me va a decir qué está pasando?

Viendo el lado positivo, Mami no se acuerda de nuestra escena en el sótano ayer de madrugada.

Noto cómo nos **ESCANEA** con su mirada. **OH, OH.** Esa mirada siempre viene acompañada de un interrogatorio, así que los tres nos ponemos muy firmes. Sus ojos se clavan especialmente en Daniela, que como es la pequeña, es la que menos técnicas de **DISIMULO** tiene. Por suerte, **¡DANI TAMBIÉN RESISTE!** Me siento muy orgulloso de ella.

—No sé, Mami, serán los deberes del cole. Últimamente nos mandan tantos...

—Organizándose bien hay tiempo para todo, Daniela, eso no es excusa.

Claro, lo dice la que parece que tenga veinte brazos y un cerebro aliénigena para hacer tantas cosas a la vez.

—Terminad de desayunar y ¡al coche ya! Esta mañana Rafa no puede venir, así que **¡CONDUZCO YO!** De paso estreno mi nuevo anillo. ¡Mirad qué bien me queda!

De repente, los tres nos despertamos de golpe. **EL PÁNICO** se apodera de nosotros. No sé qué nos da más miedo: ¡Mami al volante o que lleve puesto el anillo!

—Anda, pero si tiene una lucecita verde, **¡QUÉ GRACIOSA!** A lo mejor me da suerte. Parece un amuleto.

Los tres nos miramos sin saber qué hacer. Se lo ha puesto en el dedo índice izquierdo y, si en el derecho se pueden dar órdenes, en el izquierdo será que...

—Pero ¡¡venga!! ¡¡Al coche he dicho!!

Ninguno de los tres nos movemos. No estoy muy seguro de si es por el pavor a ir en el coche con mi madre o por el poder del anillo.

—**¡AL COCHE!** —grita Mami, que empieza a ponerse **ROJA**.

Y el rojo es el signo de que el **ENFADO VA AUMENTANDO**.

Aun así, los tres seguimos contemplando nuestro desayuno como si no la oyéramos.

—Pero, bueno... ¿no me hacéis caso?

¡OS VAIS A ENTERAR!

Mami nos coge de la mano uno a uno y tira de nosotros hasta meternos en el coche. Está tan enfadada que ni nos habla. Mateo va en la parte delantera, como siempre que Mami conduce, para ayudarla a seguir las indicaciones del GPS.

¿Cómo puede ser que Mami ni siquiera entienda un GPS y, sin embargo, pueda escribir fórmulas supercomplicadas, hablar varios idiomas y resolver tantos **PROBLEMAS**?

Es un misterio que la ciencia aún no ha podido resolver.

—Mateo, avísame cuando tengamos que desviarnos de la carretera principal, ¿vale?

Mutis. Todos miramos por la ventana. Yo miro de reojo el anillo y veo que se ha encendido la luz amarilla.

Pasar de Mami un rato es divertido. Pero ya llevamos **DEMASIADOS** minutos. Y el rojo de su cara ya parece del color de un tomate maduro.

—¿Qué, ni me contestas? ¿Y vosotros, por qué vais tan callados? ¿Sabéis qué? ¡Que igual **OS QUEDÁIS SIN EL CUMPLEAÑOS DE ESTA TARDE**! —amenaza Mami mientras esquiva un camión.

¡EL CUMPLEAÑOS DE KEVIN! Es esta tarde ¡y se me había olvidado por completo! Kevin es uno de mis **BEST FRIENDS**, lo pasamos genial juntos, y también... le gusta un poquitín a mi hermana. Un poquitín mucho quiero decir. Ella dice que es su CRUSH y un día descubrí su libreta llena de corazones con su nombre. Aunque eso ella no lo sabe: me lo estoy guardando para cuando necesite sacarlo a relucir a modo de vendetta.

Miro a Daniela y, por la cara que está poniendo, ¡a ella también se le había olvidado el cumpleaños! Después de habérselas ingeniado para que Kevin la invitara, ahora puede que se quede sin ir. **¡Y NOSOTROS TAMBIÉN!**

Pero, claro, cuando tienes un anillo con poderes ¿cómo te vas a acordar del cumple de tus amigos? **¡DEMASIADAS EMOCIONES JUNTAS!**

El camino se nos está haciendo un poco largo. Es más... ¡este no es el camino! Y Mateo ni siquiera le dirige la palabra.

—Mateo, este camino no me suena... **¿SEGURO QUE AÚN NO TENEMOS QUE SALIR DE LA CARRETERA PRINCIPAL?**

Mateo sigue mirando por la ventana como si nada, ignorando totalmente a Mami.

—**¡¡MATEO!!** ¿Nos hemos pasado la salida al colegio?

Mateo, ¡¡contesta, por favor!! Si no, a lo mejor terminamos en **MADRID**. O en **PARÍS**. O en **BRUSELAS**. O en **MOSCÚ**.

¡¡Que esto se acabe antes de que terminemos en la **ANTÁRTIDA**!!

Observo el anillo y veo que la luz roja se enciende.

¡¡Ya falta menos para que Mateo le pueda dar las indicaciones para llegar al cole!! Pero ¿qué está haciendo Mami?

¡¡VAMOS EN DIRECCIÓN CONTRARIA!!

Los tres nos ponemos tiesos como si lleváramos un palo de escoba dentro del uniforme. ¡Y un autobús viene hacia nosotros!

No sabemos dónde mirar, si al autobús que está a punto de arrollarnos o al anillo esperando a que se apague.

PIII

El autobús da un volantazo y la luz del anillo se apaga.

¡¡SALVADOS!!

—Mami, ¡gira a la izquierda y métete por ese callejón! —dice Mateo intentando salvar la situación—. Ahora a la derecha, ¡rápido!

—¡Pues ya podrías haberme dado las indicaciones antes, Mateo! Vaya susto, chicos, ¡lo siento mucho!

—No pasa nada, Mami, es nuestra culpa. En realidad...

Rápidamente le tapo la boca a Daniela antes de que le cuente lo del anillo. Por suerte no ha habido ningún accidente, el anillo está apagado ¡y estamos a salvo!

Eso sí, llegamos supertarde al cole. Lo que significa **BYE BYE RECREO**.

—Este anillo me ha despistado con tanta lucecita —dice Mami, buscando una excusa—. Yo creo que está roto o le faltan pilas. Toma, Hugo, tu anillo, devuélveselo a tu amigo. Es un cacharro.

¡Salvados! Pero hay otro tema que me preocupa, y a Dani también.

—Entonces... Hum... ¿podemos ir al cumple de Kevin? —pregunta Daniela, nerviosa por la respuesta de Mami.

—Sí, pero prometedme que me vais a obedecer, ¡por mucho sueño que tengáis!

YES!!!

Cuando por fin llegamos al cole, la mañana pasa con **ABURRIIIIIIIIIDA NORMALIDAD.** No recuerdo haberme aburrido tanto en el cole NUNCA. Es tan aburrido que casi entro en hibernación.

Los poderes duran solo 15 minutos.

Los poderes afectan a quien lleva el anillo y a quienes estén unidos a él.

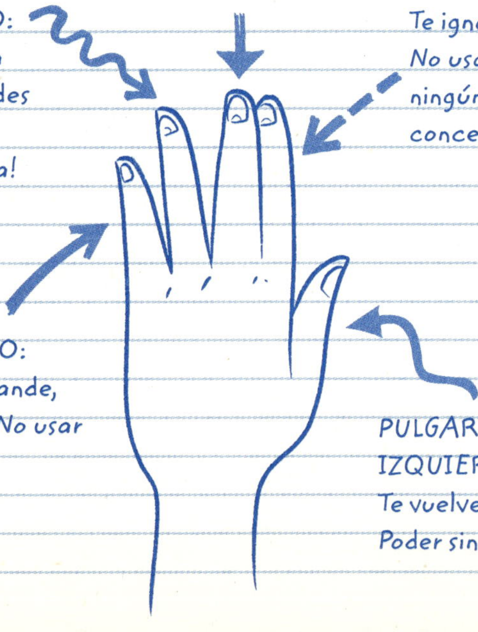

Sobre todo a la hora del recreo, que me toca quedarme solo en clase. Es el momento de apuntar **TODO** lo que sabemos del anillo hasta ahora. Abro mi **CRAZY AGENDA** y empiezo a escribir:

Dependiendo de si te lo pones en la mano derecha o en la izquierda, el anillo tiene un poder o el contrario.

ÍNDICE DERECHO: Obedecen tus órdenes. Pensar venganza para Mateo

CORAZÓN DERECHO: No tenemos datos (todavía)

ANULAR DERECHO: Mueves cosas con la mente (telealgo). ¡Hay que probar si sirve para moverte a ti mismo!

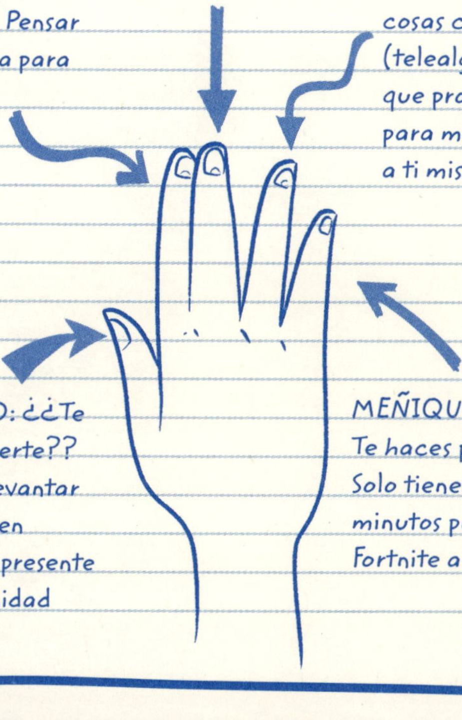

PULGAR DERECHO: ¿¿Te vuelves fuerte?? Intentar levantar un coche en cuanto se presente la oportunidad

MEÑIQUE DERECHO: Te haces pequeño. Solo tienes quince minutos para jugar a Fortnite a escondidas

¡Misterio **CASI** resuelto!

Las clases continúan y por fin parece que consigo entender las ecuaciones de segundo grado, el **TEOREMA DE THALES**, lo que pasa cuando X tiende a infinito (spoiler: el mundo explota) y la ley de la relatividad de Einstein.

Bueno, eso último no lo he entendido muy bien. Pero da igual, nunca viajaré a la velocidad de la luz. ¿O sí? ¡Quizá con un invento de Klaus!

CAPÍTULO 15

NÓZAROC

Fin de las clases. **¡COMIENZA LA DIVERSIÓN!**

Estoy deseando ir al cumple de Kevin, ¡seguro que lo pasamos genial! Lo celebra en casa y tiene un montón de videojuegos y, además, en su casa preparan las mejores meriendas de la historia.

¡¡HACEN TANTA COMIDA QUE PODRÍA COMER TODA ESPAÑA ENTERA!!

Por suerte, quien nos lleva al cumple es Rafa. Menos mal que no ha venido Mami a recogernos porque, si no, ¡no llegaríamos ni a soplar las velas! ¡O acabaríamos en el cumpleaños de otra persona!

En el coche, Mateo se vuelve hacia Dani y hacia mí y dice:

—Nada de usar el anillo en el cumple de Kevin, ¿eh? Ya la hemos liado bastante. Hasta que no sepamos cómo funciona exactamente mejor no utilizarlo. Guárdatelo en el bolsillo, Hugo, y ni se te ocurra sacarlo. Que sé perfectamente que te lo has quedado tú.

—**OOOKAAAY** —suspiro. ¡Siempre aguando la diversión!

—Y tú tampoco —le recuerda a Daniela—. El anillo no es un juguete. ¡Tenemos que ser responsables!

—**¡CLARO, CLARO!** —Pone sonrisa angelical—. ¡No quiero estropear el **BIRTHDAY** de Kevin! Sería como si arruinara nuestra **BODA**, digo, ¡la graduación del cole!

Mientras Mateo mira el móvil (por su sonrisita seguro que está otra vez chateando con su novia), me vuelvo hacia Daniela:

—Dani, ¿tú quieres que esta sea la mejor fiesta de tu vida?

—¡¡¡Sí!!! ¡Y quiero que por fin Kevin se fije en mí!

En ese momento recuerdo cuando Daniela se tiñó el pelo de rosa para que Kevin la mirase. ¡Es capaz de hacer lo imposible para llamar su atención! Y lo único que consiguió es ponerlo de moda en el colegio y que todas las chicas fueran igual que ella. **TODAS IGUALITAS**, así que Daniela no llamó nada la atención de Kevin.

Pero esta vez la voy a ayudar a que Kevin se fije en ella de verdad. Y, de paso, le voy a demostrar que su hermano mediano es mucho más **COOL** que su hermano mayor.

—¡Te aseguro que esta va a ser una fiesta **ÉPICA**!

Cuando llegamos a la casa de Kevin, su padre nos abre la puerta. ¡Me entra la risa porque lleva un peluquín y se le nota un montón! No entiendo por qué la gente le da tanta importancia al pelo. Pero ¡si parece que lleva una marmota muerta en la cabeza!

—¡Hombreee! ¡Pero si han llegado Los Locos! ¡Los hermanos más **CRAZY** de YouTube! —dice el padre de Kevin.

Lo dice en broma, pero él no sabe que estamos Crazy. **¡MUY CRAZY!** Y en un ratito lo vas a comprobar, Señor del Peluquín.

En el salón están el resto de los invitados de Kevin: gente del cole, de su clase de alemán y de su club de fútbol. Mateo va directo a la mesa de dulces, Kevin se está poniendo una bebida, y Daniela y yo nos acercamos a él para saludar.

¡Daniela se pone **TAN ROJA** que hasta **LAS PECAS LE BRILLAN** como semáforos!

—Hooo-laaa Kevin.

Kevin no se vuelve porque está mirando cómo su padre hace unos malabarismos rarísimos con unas torres de cupcakes sobre la nariz. Desde luego, hay padres que no saben guardar la compostura.

—**¿KEVIN?**

Ni caso. Miro su carita y veo que está a punto de llorar.

—¡¡Psst!! ¡Daniela! ¡Daniela!

A la pobre le resbala una lagrimita por la mejilla. ¡Tengo que ayudarla!

—Se me ha ocurrido una idea. ¡No te preocupes! —le digo limpiándole la lágrima y dándole un abrazo.

—¿Qué idea, Hugo?

—He estado pensando... ¿Recuerdas que aún nos quedaban algunos poderes por descubrir del anillo?

—Sí... los del dedo corazón, y el pulgar derecho.

—Eso es. Recuerda que cada dedo está relacionado con el poder, tal y como dijo Mateo. El meñique es pequeño y te hace diminuto; el índice ordena... **¡ESTOY SEGURO DE QUE EL DEDO CORAZÓN TIENE QUE VER CON ESO, CON EL CORAZÓN!**

—¿CON EL AMOR, QUIERES DECIR? SI ES ASÍ, ¡ACUÉRDATE DE QUE PUEDE TENER TAMBIÉN EL EFECTO CONTRARIO! ¡Y YO NO QUIERO QUE KEVIN ME ODIE! MÁS AÚN, QUIERO DECIR...

—Kevin no te odia, Daniela, es solo que todavía no se ha fijado en ti. Cuando se dé cuenta de lo lista, guapa y divertida que eres, verás que quiere estar todo el rato contigo.

—Entonces... **¿QUÉ HACEMOS?**

—Yo creo que tienes que arriesgar, Daniela. Ponte el anillo en el dedo corazón.

—Ya, pero... **¿EN QUÉ MANO?**

—Hummm. El corazón está en el lado izquierdo, ¿no? ¡Pues en la izquierda!

—No sé, Hugo. ¡Me da miedo!

—¡Daniela, en la vida hay que tomar decisiones! Es lo que siempre nos dice Mateo.

Daniela me mira, coge aire, y se lo pone en **EL DEDO CORAZÓN IZQUIERDO**. En ese momento, se enciende la luz verde.

Empieza la acción.

Pero no es una acción precisamente buena.

OH, OH.

—¡Quita de en medio, niñata! ¡No haces más que molestar! —dice un niño pasando al lado de Daniela y dándole un empujón.

—Jolín, ni siquiera te he visto... ¡Perdona! —responde Daniela—. Hugo, ¿¿me acompañas a buscar a Kevin, porfa?? ¡Estoy muy nerviosa!

—¿Yo ir contigo? ¡Ni hablar! **¡PASO DE TI, ENANA!**

La cara de Daniela es un poema. Y la mía más. ¿Cómo he podido decirle eso a mi hermana? ¡Ains!

—Pero, Hugo... pensé que querías ayudarme a gustar a Kevin —dice Daniela, mirándome a los ojos a punto de **LLORAR**.

¡Claro que quiero ayudarte, Dani! Pero... no puedo. Estoy **INMÓVIL**. Veo cómo Daniela se aleja sola y cabizbaja, supertriste, pero no puedo ir con ella. Es el poder del dedo corazón... amor, pero ¡¡al revés!!

¡¡ODIO!!

De lejos, veo que Dani se acerca a Kevin.

OH, NO.

¡¡Daniela no se ha dado cuenta de que nos hemos equivocado de mano!! ¡¡El poder del anillo ahora es el odio!!

Daniela avanza hasta Kevin y cuando está a punto de tocarle la espalda para que se vuelva, el padre de Kevin la agarra del brazo y se la lleva a una esquina.

—Vamos a ver, Daniela. Te conozco muy bien. No quiero que seas amiga de Kevin, ¿me entiendes? **¡ALÉJATE DE ÉL!**

Daniela abre los ojos superasombrada, y un montón de lágrimas empiezan a salir de ellos. No entiende nada.

—Pero ¡si yo no he hecho nada!

—Pues por eso. Te recomiendo que cojas algo de beber y te vayas al jardín donde Kevin no te pueda ver. Y, si no,

¡LÁRGATE DE ESTA FIESTA!

Daniela huye corriendo al jardín hecha un mar de lágrimas. ¡¡Quiero ayudarla, pero **NO PUEDO**!!

Veo que el anillo ya tiene la luz amarilla encendida. ¡Aguanta, Daniela! ¡Ya queda poco! ¡Y no te acerques a Kevin, o te odiará!

Daniela se recompone y, limpiándose las lágrimas, se aproxima a un grupo de niñas del cole que han venido también al cumpleaños. Están en corro conversando entre ellas y riéndose a carcajadas.

—Hola, chicas, ¿qué hacéis? ¿Queréis que hagamos un musical.ly?

Las chicas se vuelven para mirarla con cara de **ASCO**.

—¿Contigo? ¡Ja, ja, ja! ¡Aparta, **NIÑA APESTOSA**!

Le dan un manotazo y Daniela cae hacia atrás sobre un charco de barro del jardín. Ahora sí, estalla en lágrimas. Por favor, Daniela, ¡¡quítate el anillo!!

Un niño que estaba jugando al lado se acerca al verla llorar en el barro. ¡Menos mal que hay alguien que va a ayudarla! ¡Bien! Ya se ha encendido la luz roja del anillo.

—¿Qué te ha pasado?

—Que esas niñas me han insultado y luego me han empujado tirándome al barro. ¡Y yo no les he hecho nada!

—Dame la mano, que te ayudo a levantarte.

—¡Gracias! —dice Daniela con una sonrisa **INOCENTE** mirando al niño.

Le da la mano y, cuando está a punto de incorporarse del todo, **¡¡CHOF!!**, el niño la empuja de nuevo con fuerza hacia el barro.

—¡Ahí te quedas, **PETARDA**!

Daniela se queda inmóvil. No entiende nada. Está tan rígida y seria que parece en estado de shock. ¡No le salen ni las **LÁGRIMAS**!

Miro el anillo que lleva en su mano para ver si aún tiene las luces encendidas, pero ¡está tan cubierto de barro que no veo nada!

Da igual: sabré cuándo ha terminado su efecto porque podré correr hacia mi hermana y abrazarla con fuerza.

Y, de repente, puedo hacerlo. ¡¡El odio se acabó!! Corro todo lo rápido que puedo y saco a mi hermana, que aún sigue en shock, del barro.

—**¡¡DANIELA!! ¡¡DANIELA!!** —La abrazo muy fuerte para ver si reacciona.

Una lágrima asoma por su ojo derecho.

—Daniela, ¿estás bien? ¡Responde!

—No lo sé... **¿POR QUÉ NADIE ME QUIERE?**

—Ha sido el poder del anillo, ¿no te has dado cuenta? Todos te odiaban, ¡nos hemos equivocado de dedo!

—Pero ha sido **HORRIBLE**, Hugo, peor que cuando los **HATERS** nos insultan...

—¿Y qué te dice Mami cuando te sientes triste por eso? ¡Que no les hagas caso! No te conocen y solo lo hacen para hacer daño. ¡No es la verdad! ¡Es como si estuvieran bajo los efectos del anillo!

—Tienes razón, Hugo.

—Ahora, ¡¡alegra esa cara!! ¡¡Acuérdate de que **ERES LA MEJOR HERMANA PEQUEÑA DEL MUNDO**!!

—digo, y añado—: ¿Y sabes lo mejor de todo? ¡Que ahora sabemos en qué dedo te tienes que poner el anillo para que Kevin te quiera!

No hace falta que me diga nada, porque de repente su cara cambia por completo. ¡¡Mi hermana es feliz!!

—**¿QUÉ HACÉIS?** —oigo la voz de Mate a mi espalda.

PLAN DISIMULO ACTIVADO.

Si se entera de que hemos usado el anillo en la fiesta, la bronca sería ÉPICA. Así que respondo:

—Nada, aquí, tomando el aire.

—¿Y por qué Daniela está tan manchada de barro? Ven, te acompaño al baño para limpiarte un poco.

—Gracias, Mateo —dice mi hermana mientras sonríe de oreja a oreja.

—¡Esperadme, que yo también voy!

CAPÍTULO 16

CORAZÓN

De camino al baño, Mateo coge a Daniela de la mano. La izquierda. ¡Qué mala suerte!

—¡¡Daniela!! ¿Has usado el anillo? **¡OS DIJE QUE NADA DE USAR EL ANILLO EN LA FIESTA!** —exclama Mateo.

OH, OH. Está más enfadado que cuando pierde un reto (que ya es decir).

NO, NO, NO, NO. Después de lo que hemos pasado, ¡no nos vamos a tragar ahora una **MEGABRONCA** de Mateo.

—¡Dame el anillo! —le grita.

—¡Ni en broma! —responde ella sacándole la lengua—. ¡Voy a enamorar a Kevin!

—***¿¿¿CÓMO???*** —La cara de Mateo se está encendiendo y está más roja que el culo de un mandril.

De pronto aparece la madre de Kevin para preguntarnos si va todo bien. Por lo visto, estamos llamando la **ATENCIÓN** en medio de la fiesta.

Decido salir al rescate:

—Está todo bien, señora. —Los tres sonreímos como en un anuncio de pasta de dientes—. Solamente estamos comentando lo bonita que es su casa.

—**AAAAAAH...** —La madre de Kevin pone una cara rara. Es la excusa más tonta del mundo—. Comprendo.

Cruzamos el salón para llegar al baño.

—Venga, rápido, Daniela, ya hablaremos más tarde. ¡Vamos a quitarte todo ese barro!

—Ay, espera, Mateo, que se están terminando los bocatas de jamón. Cojo uno y vamos.

—Que no, Daniela, **¡NO ES EL MOMENTO!**

—¡Mira, Mate! —Dani señala hacia la ventana—. **¡AHÍ REGALAN IPHONES!**

Mateo mira hacia la ventana instintivamente y yo, también, claro. Pero ¡qué lista! Nos ha dado esquinazo y va corriendo hacia la mesa para coger un bocata, abriéndose paso entre la multitud de niños que zampan y ríen sin parar.

—Cuidado, niña, ¡que me manchas!

Esa voz. La conozco muy bien. Daniela se vuelve, mira hacia arriba y... ¡es Kevin! No lo piensa dos veces. Coge el anillo y se lo pone en el dedo corazón de la mano derecha a la velocidad del rayo.

¡FLUUUP!

—**¡HOLA, KEVIN!**

La sonrisa de Daniela es tan grande y el brillo de sus ojos tan intenso, que parece que va a salir volando de la felicidad.

Entonces Kevin mira hacia Daniela. Y parece que se derrite doblándose poco a poco hacia ella. Da la sensación de que los ojos se le vayan a salir de las órbitas.

—Vaya, **HOY ESTÁS MUY GUAPA**, Dani.

Mi hermana se sonroja tanto que parece una fresa.

—¿Eso crees, Kevin? —pregunta muerta de vergüenza—. Bueeeno, tengo un poquito de barro por aquí, y otro poquito por allá...

—Estás **PRECIOSA**... —continúa él—. Y también eres **DIVERTIDA, BRILLANTE, SIMPÁTICA**...

Kevin se pasa un rato soltando un piropo tras otro. Mi amigo está irreconocible. Los poderes del anillo son **IN-CRE-Í-BLES**.

—Tú-tú-tú ta-también estás mu-muy guapo, Ke-Kevin —tartamudea Daniela, supernerviosa—. Esa ca-ca-ca-miseta te-te-te sienta-ta muy bi-bien.

—¡Siempre me has gustado! —suelta Kevin sin venir a cuento.

WHAT? PUAJ!

No sé si voy a poder ver con mis ojos una declaración de amor a mi hermanita... Puaj, puaj. Necesito **UN LAVADO DE CEREBRO** para eliminar esto de mi cabeza. Yo quería ayudarla a que Kevin se fijara en ella y le dijera algo bonito, pero que mi mejor amigo se enamore como un tonto de mi hermana... ¡no sé si podré soportarlo!

—**¿QUÉ ESTÁ PASANDO?** —me pregunta Mateo con cara de póquer.

—Mate, hemos descubierto que al poner el anillo en el dedo corazón surge el poder del amor y el odio. Ahora Daniela está usando el poder del amor... ¡Y por eso Kevin se le está declarando!

—Pero ¿cómo sabía en qué mano se lo tenía que poner?

—Ya te lo contaré, Mate. ¡Ahora saca tu móvil y hazle una foto a Daniela para que recuerde este momento! Se olvida de que el poder del anillo solo dura quince minutos, y después Kevin volverá a olvidarse de ella...

Justo cuando Mateo saca la cámara y está listo para hacer la foto... ¡Daniela y Kevin están a punto de besarse! Puaj, no puedo ver esto...

—Haz la foto, Mateo, rápido!

—Daniela nos debe una —afirma Mateo.

—Una bieeen grande. Pero como se le ocurra presumir de foto en Instagram posteándola, Kevin se va a mosquear porque ¡no sabe que está bajo los efectos del anillo!

—¡Jamás posteará esta foto! No querrá que nadie la vea llena de barro. Pero seguro que se la guarda para mirarla cada noche. —Mateo, como siempre, tiene razón. Mi hermana jamás pondría una foto en la que no salga IDEAL.

—Hay que separarlos, Mateo. ¡Dani solo tiene nueve años!

—Pero, Hugo, no rompas la magia del amor —dice Mateo—. Daniela y Kevin están **PREDESTINADOS**.

—¿Se te ha ido la olla? —le suelto—. ¡Es mi hermana!

Los dos **ENAMORADOS** están a un centímetro de distancia, pero cuando están a punto de besarse, alguien interrumpe la escena.

Y es la última persona que Daniela querría ver aquí.

—Vaya, vaya, vaya... —exclama nuestro **ARCHIENEMIGO**—. **OTRA VEZ LOS CRAZY HAACKS.**

CAPÍTULO 17

RAÚL

Los cuatro nos volvemos a la vez, aunque no necesito mirar para reconocer esa voz: siempre aparece en el momento menos indicado.

Es Raúl, el mayor saboteador de la historia. Allá donde vamos a divertirnos, siempre aparece él para **ESTROPEARLO**.

Y esta vez no iba a ser menos.

—Uy, uy, uy... Veo mucho amor por aquí... ¡ja, ja, ja!

—**¡¡FUERA DE AQUÍ, RAÚL!!** —grita Dani, enfadadísima porque ha interrumpido su beso con Kevin (yo eso lo agradezco, la verdad, ¡**NUNCA** podré eliminar esa imagen de mi cabeza!).

Por suerte, veo que la luz amarilla ya está encendida.

—¡Uy, qué miedo! Pero ¡¡si me ha dicho que me vaya!! Vengo a resolver un pequeño asunto con vosotros tres, hermanitos...

—¿Qué asunto, Raúl?

—«**EL ASUNTO**», ya sabes a qué me refiero.

—Pues no, no tenemos ni idea, Raúl. ¡Explícate! —dice Mateo.

—Pasó algo en el patio el otro día, ¡y lo sabéis! Me pusisteis a saltar a la comba y a dar volteretas. Estoy seguro de que tenéis entre manos otro de esos **INVENTAZOS** con poderes.

—Bueno, más que entre manos, lo tenemos **ENTRE DEDOS** —contesto.

—¡Cállate, Hugo! —Vaya corte me ha metido Mateo. ¡¡Si la broma era buenísima!!

—Raúl, ¿y si resolvemos este tema uuun poquito más tarde? Exactamente diez minutos más tarde —dice Daniela mirando su anillo—. ¡Ups, no, cinco! —rectifica cuando ve encenderse la luz roja.

—¿Qué es eso que tienes ahí que brilla?

—**¿EL QUÉÉÉÉÉÉ?** Nada. No sé de qué me hablas.

¡Qué bocazas, Daniela! Le ha puesto a Raúl el anillo en bandeja. Y Kevin sigue ahí como un pasmarote, con los ojos cerrados y con morritos de besugo esperando el beso de Daniela.

—Ese anillo que llevas en el dedo. Es **RARO** y **BRILLA**. ¡Apuesto a que tiene algo que ver con lo que pasó en el patio porque también lo llevabas puesto!

No podemos dejarle el anillo **JAMÁS**. Por eso Mateo improvisa:

—Vale... ejem. Nos has pillado. Sí, es un anillo mágico, tiene luces de colores para improvisar fiestas de pijamas discotequeras.

—Pues mola. **LO QUIERO. LO QUIERO AHORA**.

—Es que... No te lo podemos prestar porqueee... —Alarga mucho las palabras para ver si se le ocurre algo— no te entraría en el dedo.

—Tengo unos deditos muy finos —dice Raúl rápidamente.

—No podemos dejártelo porque lo **ROMPES** todo —respondo yo.

—Pues parece un anillo bastante resistente —replica Raúl sin quitar el ojo del anillo. ¡Grrr! Tiene respuesta para todo.

Dani estalla y grita furiosa:

—¡BASTA YA! ¡ESTÁS ESTROPEANDO EL MOMENTO! **MI MOMENTO.**

Raúl se queda un poco aturdido por el grito inesperado de Daniela, que de nuevo está acercando sus morritos (llenos de barro, por cierto) a los morrillos de Kevin, que sigue vergonzosamente esperando el besito de amor.

NO, ¡¡por favor!! ¡Es demasiado para mí! Me abalanzo sobre Daniela y le arranco el anillo del dedo. Kevin parece despertar, ve sus manos unidas a las de mi hermana y se suelta bruscamente.

—¿Qué está pasando?

—Estooo, te habías caído y te estaba ayudando a levantarte, Kevin —dice Daniela, disimulando.

—Ah, pues no lo recuerdo, pero gracias.

Kevin se vuelve y se va. Daniela se queda, como suele decirse, como una piedra. Con un palmo de narices. O rodeada de calabazas, muuuchas calabazas.

—**DADME EL ANILLO. YA** —insiste Raúl.

—No te lo vamos a dar ¡porque eres un **ABUSÓN**! —Daniela está furiosa—. **¡Y PUNTO!**

—¡Por eso mismo! —replica Raúl, mirándome tan fijamente que noto que mis piernas empiezan a temblar ¡de la risa!

—¿Abusón? ¡Atrévete conmigo y deja en paz a mi hermana —lo reto.

Raúl me agarra del brazo e intenta abrirme el puño en el que guardo el anillo. Mi **FUERZA SOBRENATURAL** le impide abrirlo, pero Raúl recurre a la táctica más rastrera del mundo:

LAS COSQUILLAS

Me levanta los brazos y empieza a hacerme tantas cosquillas que me entra la flojera y finalmente me arrebata el anillo, a pesar de que tenía a Daniela colgada de su cuello y a Mateo agarrándole una pierna.

—¡Lo tengo! ¡Hasta luego, «hermanitos»!

—**¡¡NOOOOOO!!** —gritamos los tres al unísono.

CAPÍTULO 18

PULGAR

Raúl desaparece entre el resto de los invitados a la fiesta.

¡LA QUE SE VA A LIAR!

Ese anillo es peligroso.

No, peligroso no...

PELIGROSÍSIMO.

Sobre todo en manos de Raúl.

—¡¡Reunión Supersecreta de Hermanos!! —gritamos a la vez.

Yo a veces me asusto con estas cosas, la telepatía entre hermanos. ¿No es alucinante?

Nos vamos a una esquina del salón, detrás del sofá.

—Chicos, ¿¿qué hacemos?? —dice Dani.

—No lo sé, pero ¡necesitamos refuerzos! —dice Mateo—. ¡¡Llamad a Kevin!!

—¡¡Yo le llamo! —dice Daniela mientras se levanta a toda velocidad para ir a buscarle.

Al rato Kevin está con nosotros detrás del sofá.

—Kevin, ¿recuerdas la cámara mágica? —le pregunto—. Esa que tenía poderes y...

—Sí, ¡¡claro!! ¿Cómo me iba a olvidar de esa cámara que parecía imposible? ¿Qué le pasa? ¿La tenéis de nuevo?

—No, peor —respondo.

—Tenemos otro invento de Klaus que no tenemos aún muy controlado —le explica Mateo.

—Bueno, eso de «tenemos»... **¡LO TIENE RAÚL!** —dice Daniela—. ¡¡Tenemos que quitárselo!!

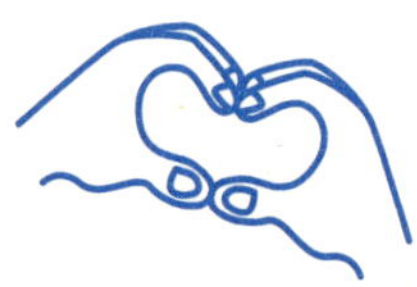

—No os preocupéis, juntos detendremos a Raúl como la última vez, ¿verdad, Daniela? —dice Kevin cogiéndola de las manos.

Y esta vez lo dice sin necesidad de estar hechizado por el anillo.

¡PUAAAAAJ!

La verdad es que no estoy para estas escenas románticas, porque hay algo más importante. Algo importantísimo que se resume en cuatro palabras:

RAÚL TIENE EL ANILLO.

—¡Necesitamos un plan! —grita Mateo.

Pero... ¿por qué Mate necesita pensar tanto las cosas? ¡¡Es facilísimo!! No necesitamos ningún plan. Le quitamos el anillo y LISTO.

Sin darles más tiempo para planes rebuscados, salgo corriendo como un guepardo detrás de Raúl. Bueno, no hacía falta correr mucho porque la casa de Kevin no es tan grande, y Raúl está justo delante de la **FUENTE DE CHOCOLATE** en la mesa de la merienda.

—**¡RAÚL!** Devuélveme el anillo.

—TOO LATE! —me dice, abriendo mucho la boca y dejando que pequeños pastelitos voladores entren en su boca uno detrás de otro. Las fresas están bañándose solas en la fuente de chocolate, y volando después a las bocas de los alucinados invitados.

Parece que alguien se ha puesto el anillo en el dedo anular ¡derecho! y está disfrutando del poder de la telequinesia. **¡VAYA MORRO QUE TIENE!**

Y, jo, qué hambre me está entrando. Mis tripas suenan tanto que Raúl las oye:

—¿Tienes hambre, «loquito»?

Odio que me llame así.

—Pues tranquilo, ¡que tengo algo para ti!

—No, ¡eso no! **¡NI TE ATREVAS!**

Levanto la vista para verla bien: la fuente de chocolate sobrevuela mi cabeza. Empieza a volcarse poco a poco y justo cuando está a punto de caer todo el chocolate sobre mí, Mateo intercepta por detrás a Raúl. Con un empujón le hace ocupar mi puesto y... ¡todo el chocolate cae sobre Raúl!

¡¡¡Bravo, Mateo!!! ¡Buena jugada de hermano mayor!

Rápidamente, con Mateo aún colgado de su chepa, Raúl se cambia el anillo de dedo. ¡Y se lo pone en el pulgar derecho!

OH, OH.

ESTO PINTA MAL.

SUPERFUERZA + SUPERABUSÓN = DANGER!!

CAPÍTULO 19

DEMASIADO AMOR

Para librarse de Mateo, Raúl lo coge como si fuera un peso pluma y lo lanza al otro lado del salón. Mateo VUELA hasta desplomarse encima de...

¡¡EL PASTEL DE CUMPLEAÑOS!!

Un gran pastel de nata que la madre de Kevin reservaba en una mesita para el final de la fiesta.

—¡JAAAAAA! —se burla Raúl desde el suelo.

Daniela corre a ayudar a Mateo y le quita la nata de la cara con servilletas.

¡Raúl está descubriendo los secretos del invento a la velocidad del rayo! ¿Cómo lo hace?

Y parece que no va a parar de probarlo. Ahora se está cambiando el anillo de dedo. Esta vez se lo pone en el anular izquierdo y...

¡TODOS NOS QUEDAMOS PARALIZADOS!

Esto es lo peor que podía pasar.

LO PEOR DE LO PEOR DE LO PEOR.

Raúl mira a su alrededor con la cara de sorpresa más sorprendida que he visto en mi vida. Se le dibuja una supersonrisa maléfica en la cara: ahora podrá hacer lo que quiera... ¡¡y con quien quiera!!

¡Seguro que viene a por mí! ¡Por favor, que no me corte el pelo! ¡Y que no me baje los pantalones! ¡Y que no me tire comida por encima! Y sobre todo... ¡que no me haga cosquillas!

Pero Raúl no viene hacia mí.

¡Va en dirección contraria!

¿A por quién irá?

Se está acercando al **PADRE DE KEVIN**, que se ha quedado congelado haciendo un numerito con un par de escobas y Raúl...

¡No me lo puedo creer!

Esto es **ÉPICO**.

Le ha quitado el peluquín, lo ha untado con crema de cacao y se lo ha vuelto a colocar... ¡Y después lo ha decorado con unas gominolas de colores y le ha puesto un par de velas!

Por suerte, a Raúl no se le ha ocurrido encender las velas. Eso sí que hubiese sido lo peor.

Mientras le veo decorar su tarta especial de cumpleaños me fijo en su anillo. ¡La luz roja está encendida! ¡Él no sabe que el anillo solo tiene poderes durante quince minutos!

¡¡EUREKA!!

Solo tenemos que esperar un poco más para vencer a Raúl. ¡Él no sabe que tiene un tiempo limitado!

Pero, de repente, veo que se cambia el anillo de dedo. ¡Por fin podemos volver a movernos!

Pero... **OH, NO.**

Viene hacia mí.

Seguro que va a hacer alguna de las suyas pero, en vez de huir, me pego a Raúl como una lapa abrazándolo y dándole besos en la mejilla.

¡¡No lo puedo evitar!!

¡¡Y yo que creía que lo del peluquín era lo peor de lo peor de lo PEOR!! Esto lo supera con creces, ¡se ha puesto el anillo en el dedo corazón de la mano derecha!

—¡¡Quita!! ¡Qué ascazo!

—¡Te quiero mucho! ¡Eres el mejor, Raúl!

Raúl intenta zafarse de mí, pero cuanto más lo intenta, más fuerte le abrazo.

¡¡Esto es una **PESADILLA**!!

Todos están tronchándose de risa y lo peor es que mi hermano ha sacado su móvil para inmortalizar el momento.

Creo que voy a morirme de vergüenza cuando por fin la luz del anillo se apaga.

Como un rayo, me bajo de los brazos de Raúl. Más rápido que la velocidad de la luz.

¡¡QUÉ ASCO!!

Hay que recuperar el anillo.

AHORA.

ANTES DE QUE TENGA QUE VOLVER A BESAR A RAÚL.

—¡Dame el anillo ahora mismo! —grito.

—¿Para eso eran tantos besitos, Huguito? ¿Para que te devolviera el anillo? ¡Pues no lo has conseguido!

Raúl se prueba el anillo en otro dedo. Pero no pasa nada. Se cambia de dedo y NADA, tampoco pasa nada.

Raúl se quita el anillo con rabia y lo tira al suelo.

—¡Quedáoslo! Total, ya no funciona... —dice enfurruñado.

Kevin viene hacia nosotros y le pide a Raúl que se vaya de la fiesta.

—Lárgate, Raúl, ¡aquí no pintas NADA!

—Me voy, pero porque esta fiesta es un rollo, no porque me echéis —dice Raúl saliendo con un portazo.

—Kevin... **I'M SO SORRY!** —le dice Daniela con carita de pedir perdón—. Te hemos chafado la fiesta trayendo el anillo...

—Pero ¿qué dices? —sonríe Kevin—. ¡Este ha sido

THE BEST BIRTHDAY EVER!

Entonces oímos un claxon pitar tres veces. Ese es Rafa y su señal para que salgamos.

—Chicos, **¡CREO QUE ES HORA DE IRSE!** —les digo a mis hermanos, recogiendo el anillo del suelo.

CAPÍTULO 20

MAX

Durante la vuelta a casa, Dani se queda dormida por tantas emociones. Y la verdad, yo casi también caigo. Pero Mate y yo empezamos a hablar (EN INGLÉS para que Rafa no nos entienda).

—Jo, Hugo, ¡mira que os avisé de que no usarais el anillo en la fiesta!

—¡Qué pesado eres! ¡Te repites más que un iPod en aleatorio! —contesto.

—Bueno, lo hecho, hecho está. Pero WE NEED A PLAN.

—**WHAT PLAN?** ¿Plan para qué? ¿Es que estamos en un lío?

—¡Tenemos un anillo con poderes que la puede liar bien gorda! Si eso no es poco lío...

—Pero ¿te refieres a un plan para devolvérselo a Klaus?

Mateo asiente.

—Pero... **HOW**? ¿Cómo podemos devolvérselo?

Mate se encoge de hombros para decirme que no tiene ni idea, y justo en ese momento llegamos a casa y Daniela se despierta.

Aunque devolver el anillo me parece lo más aburrido y aguafiestas del mundo, Mate me convence porque, la verdad, no hace más que meternos en problemas. Siempre acabamos en líos por culpa de los inventitos de Klaus.

¡SER NIÑO ES AGOTADOR!
Y MÁS AÚN SI ERES UN HAACK.
UN CRAZY HAACK.

Ahora toca decirle a Dani que hay de deshacerse del anillo. Y eso es casi más difícil que comerse col hervida.

—**NOOOOOO. PORFI, PORFI, PORFI, PLEASE, NOOOOOOOOO...** ¡Tenéis que dejármelo más tiempo para ponérmelo otra vez y conseguir que Kevin me dé un beso! ¡Por culpa de Raúl no lo he conseguido!

—Es muy **PELIGROSO** tenerlo —dice Mateo, echándole un vistazo.

Mejor será bajar al sótano para discutirlo, porque el radar de Mami es capaz de activarse en cualquier momento y descubrir todo lo que nos llevamos entre manos. Y también será mejor dejar el anillo en una de las mesitas del fondo para evitar que Dani lo robe aprovechando cualquier despiste.

Max también está en el sótano con nosotros pidiendo, como siempre, que le acariciemos la barriga. Es su vicio particular, pero pronto se cansa y se va.

—Tenemos que **DEVOLVERLO** —concluye Mateo—. No hay discusión al respecto.

—Pero, Mateo —intenta convencerlo Daniela—, ¿te imaginas los vídeos que podríamos grabar con el anillo? Serían vídeos únicos, inigualables, ¡virales! ¡Seríamos número 1 en tendencias todos los días!

—¡Sííí! —apoyo a Daniela—. **«THE CRAZY HAACKS, LOS YOUTUBERS MÁS DIMINUTOS DEL MUNDO», «CÓMO HACERTE MÁS GRANDE QUE UNA CASA EN 5 SEGUNDOS», «THE CRAZY HAACKS SON TAN FUERTES QUE LEVANTAN UN COCHE CON UNA MANO».**

—Sí, claro, y nadie iba a sospechar nada, ¿no? Si hiciésemos eso, todas las televisiones del mundo querrían entrevistarnos.

¿Sois superhéroes?
¿Cómo de grandes os podéis hacer?
¿Tenéis poderes mágicos?
¿Habéis estudiado en Hogwarts cuando vivíais en el extranjero?

—**ES VERDAD.** ¡Nos tocaría aguantar más preguntas que en un examen de fin de curso! —reconozco. Cuando Mateo tiene razón, tiene razón.

—Sí, y pensarían que estamos haciendo trucos de ilusionismo cuando se edita el vídeo y nos llamarían tramposos —admite Daniela.

—El problema es... ¿cómo podemos devolver el anillo a Klaus, si está en el futuro?

Se hace el silencio de pensar. Ese de cuando estamos concentradísimos buscando una solución.

Pero, de repente, algo lo rompe.

Se oyen interferencias y una luz multicolor muy potente ilumina el sótano.

¿¿QUÉ-ES-ESTO?? ¿? ¿? ¿? ¿? ¿? ¿? ¿? ¿? ?

No podemos ver bien porque la luz es tan potente y cegadora que apenas podemos abrir los ojos.

MEOOOWWW!

¿Qué está pasando?

¿Qué es esa luz?

Está en la mesita donde dejamos el anillo. Corremos hacia ella y, cuando nuestros ojos se acostumbran a la luz, vemos lo inimaginable.

Daniela de un grito. Mateo se pone superblanco. Y mi boca se queda tan abierta que casi se me desencaja la mandíbula.

ES EL ANILLO.
Y ES MAX.
¡¡MAX TIENE EL ANILLO EN SU PATA!!
¿CÓMO HABRÁ CONSEGUIDO PONÉRSELO?

—**OH-OH**... —se me escapa.

—Esto no puede acabar bien... —dice Mateo.

—¡¡Ha metido los cinco dedos dentro a la vez!! —dice Mate—. ¡Qué crack! A mí eso no se me habría ocurrido.

—**¡MIAAAAAAAAU!** —Pobrecillo. No tiene ni idea de lo que pasa.

—¡Pobre Max! ¿Creéis que le duele?

—No, tranquila, Daniela, recuerda que el anillo se ajusta a cualquier medida. Solo está un poco asustado —la tranquiliza Mateo.

—Pues no parece que el anillo haga nada ¿no? —exclamo algo decepcionado—. Aparte de encenderse las tres luces a la vez, claro... —Max no crece, ni encoge ni mueve cosas ni le odio ni le quiero más ni nada de nada. Solo me da un poco de pena porque parece que tiene miedo...—. ¿Probamos a quitarle el anillo?

—¡Espera, Hugo! ¿Oís de nuevo las interferencias? —pregunta Mateo escuchando atentamente.

BZBZZZBBZZTTTZZBBB
BBZZZZZBBBBBBTTTTZZZ

De repente, la luz del anillo parpadea como si estuviese conectando con algo, y...

—HALLO, MEIN FREUNDE! ¿Me habéis llamado?

CAPÍTULO 21

LA CONEXIÓN

¡¡¡KLAUS!!!

La imagen de Klaus ha aparecido dibujada en la luz del anillo, como si fuera un holograma.

¡Justo en el mejor momento!

—Ya veo que habéis resuelto el enigma del anillo y, además, ¡habéis averiguado cómo contactar conmigo! SEHR GUT!

—Bueeeeeeno —aclara Daniela—. Lo de cómo contactar contigo ha sido más bien casualidad.

—Era cuestión de tiempo que lo averiguarais, amigos.

—Esto... —tartamudeo—. ¿No estará tu sobrina Hannah por ahí, verdad?

—¡¡Hannah, ven!!

Y en ese momento Hannah aparece en la pantalla de luz. ¡Casi había olvidado lo guapa que era!

Siento cómo mis **MEJILLAS** se calientan.

Y las **MANOS** me empiezan a sudar.

Y el **CORAZÓN** me va tan rápido como en clase de gimnasia.

MATEO me da un codazo para que me tranquilice y Dani se ríe por lo bajini. ¡Como si ella no se volviera **SILLY** cuando habla con Kevin!

—**¡HOLA, CHICOS! ¡CUÁNTO TIEMPO!** —dice Hannah.

Parece que se alegra de vernos. O de verme A MÍ. Pero, de pronto, le cambia la expresión de la cara.

—¿Algún problema con el anillo?

—¡Qué va! —respondemos los tres a la vez, negando enérgicamente con la cabeza—. ¡Para nada!

—Todo **CONTROLADÍSIMO** —añado yo, antes de que Hannah sospeche todo lo que ha pasado.

—Entonces, ¡funciona bien! ¡Cuánto me alegro! Justamente yo participé con Klaus en este prototipo.

—¿¿¿¿PROTOTIPO???? ¿CÓMO QUE PROTOTIPO?

—Mateo se extraña más que cuando Pepe sacó mejor nota que él en matemáticas.

—Bueno, nos quedaban solo un par de ajustes de intensidad de los cinco poderes, poca cosa —contesta Hannah.

—¿**CINCO** poderes? Pero ¡si tiene **DIEZ**! —replico.

—**¿DIEZ PODERES?** ¡¡No puede ser!! Diseñamos el anillo de mejora humana con cinco poderes especiales: el mando, la telequinesia, el amor, la fortaleza y la reducción.

—¡Ja! —dice Mateo—. ¡Pues lo habéis hecho con **EFECTOS SECUNDARIOS**!

—Sí, ¡el anillo tiene también los cinco poderes contrarios a esos! Lo sabemos por experiencia... —aclara Daniela.

—Hummm, ¡qué raro!

—Da igual, Hannah, lo queremos devolver —agrega Mateo—. Nos da miedo de que caiga en manos de la persona inadecuada. ¡Y en realidad no lo necesitamos! ¿A que no, chicos?

Daniela y yo nos miramos.

Ella se muerde el labio inferior, lo que en Daniela significa: **DUDA**.

Yo también querría quedármelo, pero digamos que han pasado algunas cosas UN POCO peligrosas:

- «CASI» MUERO DEVORADO POR MI PROPIO GATO.
- «CASI» MUERO ROMPIÉNDOME EL CUELLO CONTRA EL TECHO.
- «CASI» MUERO APLASTADO POR UNA BOLA DE PELUSA GIGANTE.
- «CASI» MUERO DE ASCO AL COMER VERDURAS.

Y, lo PEOR de todo:

- ¡CASI MUERO DE VERGÜENZA AL BESAR A RAÚL!

Sí. Hay que devolverlo.

—¿Cómo os lo podemos devolver, Hannah? —le pregunto poniendo voz grave de mayor para impresionarla.

—¿Queréis venir en persona a devolverlo y así os dais un paseíto por el futuro? —propone Hannah.

—¡¡Uf!! ¡No no! —dice Mateo **DEMASIADO RÁPIDO**.

—Bueno, a mí no me importaría haceros una visita —admito yo. No me importaría ir al futuro. O al pasado. O donde sea que esté Hannah.

Mateo me pellizca disimuladamente y sigue negándose al viaje:

—Mejor otro día, Hannah, ahora tenemos mucho lío con los deberes, los exámenes, los vídeos...

—Kein Problem —dice Klaus—. Para devolver el anillo, solo tenéis que empaquetarlo de nuevo como estaba en las cajas, de la más pequeña a la más grande, y poner nuestra dirección. Os mandaremos un mensajero del futuro para recogerlo esta misma noche.

—¡Menos mal que no hemos tirado las cajas! ¿Y cuál es la dirección? —pregunta Mateo.

—Apuntad:

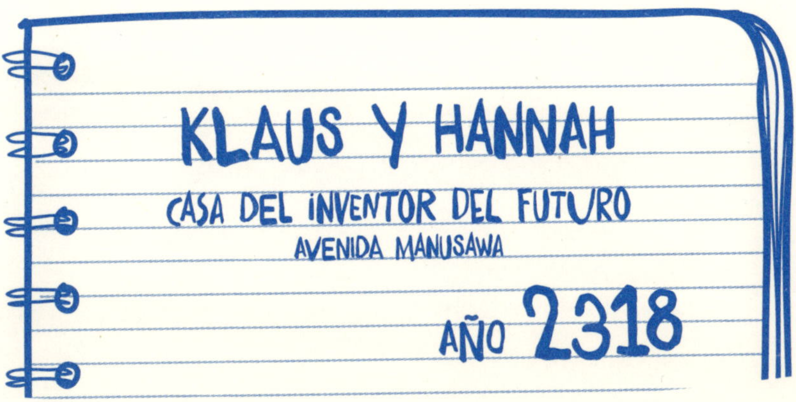

—¿Y ya está? —pregunto asombrado.

—Y ya está —aclara Hannah—. El anillo llegará a nuestras manos. O, mejor dicho, ¡a nuestros dedos!

—Y ya que va el mensajero a vuestra casa... ¿Queréis que os enviemos alguna cosa? —pregunta Klaus—. ¿Algún otro «juguetito» para divertiros?

Los tres nos miramos.

—Justamente ahora estamos trabajando en un...

—¡¡¡¡NOOOOOOOOOO!!!!

—le interrumpimos los tres a la vez.

—Te lo agradecemos, pero de momento no necesitamos más cosas del futuro —se despide Mateo—. Mañana mismo os enviamos el anillo.

—OK. Eso sí, MEIN FREUNDE: es importante que en las cajas no haya nada más que el anillo. Cualquier cosa que llegue al futuro desde vuestra época podría causar un **DAÑO IRREPARABLE**.

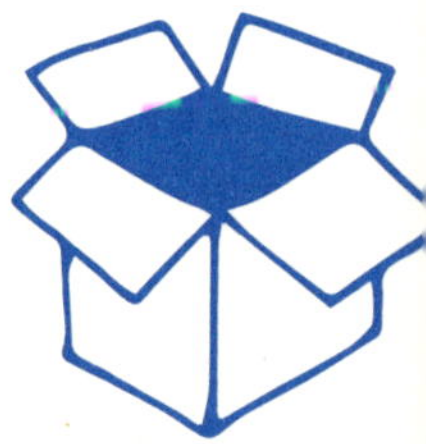

—Entendido —dice Daniela—. Y Hannah, ¿podrás venir algún día a visitarnos?

—Ya veremos... ¡Yo también estoy muy liada trabajando en nuevos inventos!

Para una chica que me gusta, y solo la puedo ver en un holograma. ¡Qué injusto!

ESA ES MI MALA SUERTE DE HERMANO MEDIANO.

Y, encima, veo que la luz multicolor pierde intensidad y empieza a desvanecerse, lo que significa que hay que despedirse.

—Hannah, Klaus... —dice Mateo, que también se ha dado cuenta—. Creo que el poder del anillo está a punto de agotarse.

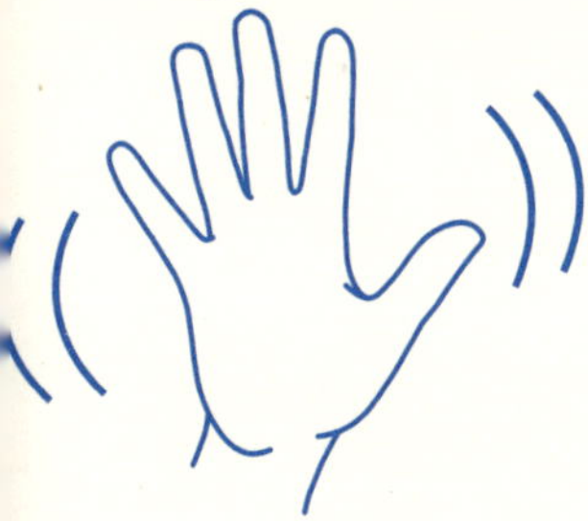

—¡Sí! AUF WIEDERSEHEN LOCOS! —exclaman Klaus y Hannah despidiéndose con la mano.

—**BYE BYE!** —respondemos a la vez.

CAPÍTULO 22

TOP SECRET

La luz del anillo se apaga. Con cuidado, lo quitamos de la patita de Max, que aún está mirándolo como si estuviese hipnotizado.

Creo que se ha ganado una lata extra de atún.

—Chicos, vamos a meter el anillo en las cajas igual que estaba —dice Mateo.

—¿Lo hacemos luego, porfi? ¡Me muero de hambre! Al final con el lío del anillo no hemos comido nada en la fiesta —suplica Daniela.

—Pero Mami no ha preparado nada de cena. Se suponía que íbamos a cenar en casa de Kevin...

—¿Y si la preparamos nosotros y de paso le damos una sorpresa a Mami? —dice Daniela.

—**YES!** ¡Podríamos usar por última vez la telequinesia y cocinar en un momento unas tortillas de atún exquisitas! —digo.

—Hugo, ¡ni hablar! ¡El anillo no se toca más! —responde Mateo.

UN MOMENTO.

IDEA.

IDEA GENIAL.

SUPER**IDEA.**

—Pues subid vosotros a preparar algo mientras yo ordeno todo esto.

—¿Tú? ¿Ordenar? —pregunta Mateo, sospechando.

—¡Vamos a preparar **OMELETTES** tú y yo, Mate! ¡Deja que ordene todo él! —dice Dani.

Parece que le convence, porque...

BINGO. Me dejan solo en el sótano.

Tengo que darme prisa. Cojo un pedazo de papel y un boli, y me pongo a escribir:

Dear Hannah,

Te escribo para preguntarte si tenéis por ahí algún inventillo para vernos más a menudo. No solo nos separa la distancia, sino el tiempo, ¡300 años! Y yo no puedo esperar tanto para volver a ver~~te~~ a tu tío Klaus. ¡Es tan divertido...!

¿Habéis inventado por casualidad algún aparatejo para poder comunicarnos? Un teléfono intergaláctico para charlar, un teletransportador temporal para ir y venir de vuestro tiempo, un telescopio superpoderoso para ver~~te~~ el futuro o algo así.

Ese sería el invento más TOP porque podría saber cómo voy a ser de mayor y si voy a ganar una estrella con michelines gracias a mis pizzurguesas y... bueno, si puedo verte a ti sería PERFECTO. Pero no lo digo por eso. Bueno, un poco sí.

Aún sería mejor si tú pudieses venir a tu pasado. Es decir, a mi presente. O yo al futuro, que es tu presente. Pero para quedarme digo. Bueno, ya me entiendes...

Y si no tenéis alguno de estos inventos, pues podemos inventar algo juntos. Yo soy bueno «inventando», o al menos eso dice mi madre, «que siempre me invento cosas».

Espero tu respuesta (¡¡pronto!!). Seguro que encuentras la manera de contactarme porque eres muy LISTA.

~~MUCHOS BESOS.~~

Atentamente,

Hugo

Postdata: No les digas nada de esto a mis hermanos.

¡Listo! Si mi plan funciona, pronto podré ver a **HANNAH**. Quiero decir, podré ver el **FUTURO**.

Doblo la carta y la meto en la cajita debajo del anillo. ¡Aquí la verá seguro!

Termino de empaquetarlo todo y pongo la dirección en la parte de afuera con rotulador. Dejo el paquete en la entrada de casa para que esta noche el mensajero del futuro pueda recogerla.

¿ME RESPONDERÁ HANNAH?
Y SI ES ASÍ, ¿CÓMO LO HARÁ?

¡BUF! Eso es un misterio casi tan grande como el del anillo, pero ¡que al final hemos resuelto!

Lo que no es un misterio es que tengo hambre. Mucha. Demasiada.

Y uno de mis superpoderes de hermano mediano es comer a la velocidad de la luz.

¡QUE SE PREPAREN ESAS TORTILLAS!

MUSIC
MUSIC
PHOTO
PLAY
APP
MUSI
INTERNE
PHOTO
Friends

MUSIC
MUSIC
PHOTO
APP
PHOTO
+1 Friends

THE CRAZY HAACKS